TRAITÉ DU FUNAMBULISME

W0402506

DU MÊME AUTEUR

En France

Trois coups, Herscher, 1983.

Funambule, Albin Michel, 1991.

Traité du funambulisme, Actes Sud, 1997.

L'Art du pickpocket. Précis du vol à la tire, Actes Sud, 2006.

Au fil des nœuds. Comment nouer plus de soixante nœuds ingénieux, utiles, beaux et sûrs !, La Martinière, 2014.

Créativité. Le Crime parfait, Actes Sud, 2014.

Aux États-Unis (inédits en français)

To Reach the Clouds, North Point Press, 2002, réédité en 2008 chez Skyhorse Publishing sous le titre du documentaire "oscarisé" *Man On Wire*.

Cheating the Impossible, TED Conferences, 2012.

A Square Peg (non publié).

Première publication aux États-Unis
sous le titre *On the High Wire*
Random House, New York
© Philippe Petit, 1985, 1997

© ACTES SUD, 1997
pour la présente édition
ISBN 978-2-330-05715-2

PHILIPPE PETIT

TRAITÉ DU FUNAMBULISME

Préface de Paul Auster

BABEL

à mon frère

C'est en lui que je place ma confiance durant le montage. C'est lui qui pendant la traversée, d'en bas me sauvegarde.

Infatigable Alain, il est temps que chacun de mes pas te remercie.

Ce livre a été écrit il y a un quart de siècle par un jeune homme qui venait d'apprendre en quelques mois, sans professeur, un art qui n'existait pas.

Si l'écrivain exilé volontaire peut aujourd'hui saluer avec délices le retour du texte en son pays natal à la suite de vingt-cinq années d'indifférence, c'est grâce à la vision, à l'intégrité littéraire d'Hubert Nyssen entouré de sa chaleureuse équipe d'Actes Sud.

J'ai gagné un éditeur que j'estime et un ami.

Le *Traité du funambulisme* fut mon premier ouvrage, il demeure pour moi le plus important. Sa publication ne saurait se passer de certaines déclarations de gratitude et d'appartenance.

En premier lieu il y a Edmond Petit, mon père, homme de l'air, écrivain, poète, qui m'initie très tôt aux sports et aux arts, et m'inculque la notion du travail bien fait. Ses encouragements, sa compréhension, dont je n'étais pas toujours conscient en grandissant, me sont aujourd'hui essentiels. Son goût pour la perfection, partagé avec moi, se retrouve en ce livre à chaque page.

Mes pensées les plus reconnaissantes à Annie Allix pour avoir accompagné mes premières tentatives de vol, d'écriture, d'existence.

Cet ouvrage se trouve magnifiquement relié par la solide amitié de Jean-Louis Blondeau, photographe et principal complice d'innombrables aventures avec ou sans permission – Notre-Dame et le World Trade Center par-dessus tout.

C'est le metteur en scène Isabelle Garma qui m'invita à poser mon câble en travers d'une scène de théâtre. De là à écrire dans le ciel, il n'y avait qu'un pas. La création du Théâtre d'Aran, l'ascension à la tour Eiffel, tant de fils tissés entre nous…

Mon "valet d'épée" – vous savez le compagnon du torero, qui assiste, conseille, encourage et parfois aussi sauve la vie du maestro – demeure le docteur Catherine Dolto-Tolitch, l'amie de toujours dont la lucidité, la loyauté et la joie de vivre ne connaissent point de limites.

Merci Sam pour ta couverture de l'édition Actes Sud.

Merci Paul pour ta préface.

Merci Werner pour ton hommage.

Et merci Kathy O'Donnell d'avoir inlassablement tapé le manuscrit que mes corrections d'auteur faisaient ondoyer sans répit ! Mais depuis ton premier cavaletti tenu à la main il y a quinze ans, en passant par les productions hasardeuses, fortunées ou désespérées que ton ardeur et ton talent conduisent à bon port – et jusqu'aux traversées de l'an 2000 –, ma gratitude, tu le sais Kathy, s'étend bien au-delà d'une collaboration livresque. Bien au-delà des océans, bien au-delà du temps. Passé, présent et à venir.

Quant à Cordia Gypsy, qui a disparu avant d'avoir dix ans, elle avait déjà reçu le baptême du fil et doit donc danser dans l'espace. En relisant ce traité, je pense à ce que j'aurais pu t'enseigner.

PRÉFACE

C'est en 1971 que j'ai vu Philippe Petit pour la première fois. J'étais à Paris, en train de marcher boulevard du Montparnasse, quand je tombai sur un attroupement silencieux de gens en cercle sur le trottoir. Il se passait quelque chose à l'intérieur de ce cercle, c'était évident, et je voulus savoir de quoi il s'agissait. Je me frayai un chemin parmi les badauds en jouant des coudes, me dressai sur la pointe des pieds et aperçus au centre un jeune homme plutôt petit. Il était entièrement vêtu de noir : ses chaussures, son pantalon, sa chemise, même le vieux chapeau haut-de-forme qu'il portait sur la tête. Les cheveux qui dépassaient du chapeau étaient d'un blond légèrement roux, et le visage au-dessous était si pâle, si dépourvu de couleur que je pensai d'abord qu'il s'était grimé le visage en blanc.

Ce jeune homme jonglait, roulait en monocycle et accomplissait de petits tours de magie. Debout sur le sol ou assis sur son monocycle, il jonglait avec des balles de caoutchouc, des massettes de bois et des torches enflammées en passant sans interruption d'une chose à une autre. A ma surprise, il faisait tout cela en silence. Un cercle de craie était tracé sur le trottoir et, tout en veillant scrupuleusement à ce qu'aucun spectateur ne pénètre dans cet espace – avec les gestes persuasifs d'un mime –, il appliquait à l'exécution de son numéro une telle férocité et tant d'intelligence qu'arrêter de le regarder paraissait impossible.

Contrairement à d'autres artistes de rue, il ne s'adressait pas à la foule. Il semblait plutôt avoir en quelque sorte autorisé le public à assister au fonctionnement de sa pensée, nous avoir donné accès, au fond de lui, à une obsession inarticulée. Il n'y avait pourtant rien d'ouvertement personnel dans ce qu'il faisait. Tout était révélé comme par métaphore, comme au second degré, par le truchement de la représentation. Son jeu était précis, introverti, telle une conversation qu'il aurait poursuivie avec lui-même. Il élaborait les combinaisons les plus complexes, de subtils schémas mathématiques, des arabesques d'une beauté insensée, en se limitant à des gestes de la plus grande simplicité possible. A travers tout cela, il émanait de lui un charme hypnotique, oscillant entre démon et clown. Personne ne pipait. On eût dit que son mutisme contraignait les autres à se taire aussi. La foule regardait, et lorsque le spectacle fut terminé, tout le monde mit de l'argent dans le chapeau. Je me rendis compte que je n'avais jamais rien vu de pareil.

J'ai revu Philippe Petit quelques semaines plus tard. La nuit était bien avancée – il pouvait être une ou deux heures du matin – et je marchais le long des quais de la Seine non loin de Notre-Dame. J'aperçus soudain, de l'autre côté de la rue, plusieurs jeunes gens qui se hâtaient dans l'obscurité. Ils transportaient des cordes, des câbles, des outils et de gros sacs. Toujours curieux, je leur emboîtai le pas, de mon côté de la rue, et je reconnus parmi eux le jongleur du boulevard du Montparnasse. J'eus la certitude immédiate qu'il allait se passer quelque chose. Mais je n'avais pas la moindre idée de ce que ce serait.

Le lendemain, en première page de l'*International Herald Tribune*, je trouvai la réponse. Un jeune homme avait tendu un câble entre les tours de Notre-Dame et avait marché, jonglé et dansé dessus pendant trois heures, à l'ahurissement des foules, en bas. Personne ne savait comment il avait hissé son câble, ni comment il avait réussi à déjouer l'attention des autorités. Revenu au sol, il avait été arrêté et accusé d'avoir perturbé l'ordre public et de divers autres délits. C'est dans cet article que j'ai appris son nom : Philippe Petit. Il n'y avait pas le moindre doute dans mon esprit que le jongleur et lui ne faisaient qu'un.

Cet exploit m'avait beaucoup impressionné, et je continuai d'y penser pendant des années. Chaque fois que je passais devant Notre-Dame, je revoyais la photographie qui avait paru dans le journal : un fil presque invisible tendu entre les énormes tours de la cathédrale, et là, juste au milieu, comme suspendue par magie dans l'espace, une minuscule silhouette humaine, petit point de vie sur le ciel. Il m'était impossible de ne pas associer le souvenir de cette image à la cathédrale effectivement présente devant moi, comme si ce vieux monument de Paris, édifié voilà si longtemps pour la gloire de Dieu, avait été métamorphosé. En quoi ? J'aurais eu de la peine à le dire. En quelque chose de plus humain, sans doute. Comme si ses pierres portaient désormais la marque d'un homme. Et pourtant, il n'y avait pas réellement de marque. J'avais fabriqué cette marque en pensée, et elle n'existait que par le souvenir. Mais l'évidence était indiscutable : ma perception de Paris s'était modifiée, je ne voyais plus la ville du même œil.

C'est, bien sûr, une chose extraordinaire que de marcher sur un fil à une telle hauteur. Voir quelqu'un faire cela déclenche en nous une émotion presque tangible. En réalité, à condition d'en avoir le courage et la capacité, rares sont sans doute les gens qui n'auraient pas envie de le faire aussi. Et pourtant, l'art du funambule n'a jamais été pris très au sérieux. Parce que c'est au cirque, en général, qu'on voit des funambules, on leur assigne automatiquement un statut marginal. Le cirque est après tout destiné aux enfants, et qu'est-ce que les enfants connaissent à l'art ? Nous autres adultes, nous avons des préoccupations plus importantes. Il y a l'art du musicien, l'art du peintre, l'art du sculpteur, l'art du poète, l'art du prosateur, l'art du théâtre, l'art de la danse, l'art culinaire, l'art de vivre. Mais l'art du funambule ? Le terme même paraît risible. Et s'ils lui accordent l'instant d'une pensée, les gens le considèrent le plus souvent comme une forme mineure d'athlétisme.

C'est aussi une question de sens du spectacle. Je pense aux cascades folles, à l'autopromotion vulgaire, à l'appétit de publicité qui nous entourent de toutes parts. Nous vivons à une époque où les gens paraissent prêts à n'importe quoi pour un peu d'attention. Et le public accepte cela et accorde notoriété ou renom à quiconque se montre assez brave ou assez fou pour prendre des risques. En général, plus le coup est dangereux, plus grande est la reconnaissance. Traversez l'océan dans une baignoire, sautez à moto par-dessus quarante fûts embrasés, plongez dans l'East River du haut du pont de Brooklyn, vous êtes assuré d'avoir votre nom dans les journaux et peut-être une interview télévisée. La stupidité de telles singeries est manifeste. Je préfère de très loin passer mon temps à regarder mon fils rouler sur son vélo, même avec des petites roues.

Le danger fait cependant partie inhérente d'un spectacle de funambule. Si un homme marche sur un fil à cinq centimètres du sol, nous ne réagissons pas de la même façon que s'il marche sur un fil à cinq cents mètres du sol. Mais le danger n'y est que pour moitié. Contrairement au cascadeur, dont la conduite est calculée de manière à accentuer chaque risque susceptible de donner la chair de poule, à tenir son public en haleine, dans l'angoisse et l'anticipation presque sadique d'un désastre, le bon funambule s'efforce de faire oublier le danger à ses spectateurs, d'éloigner d'eux toute idée de mort par la seule beauté de ce qu'il accomplit sur le fil. Jongleur, danseur, acrobate, il fait dans le ciel ce que d'autres se contentent de faire sur le sol. C'est un désir à la fois extravagant et parfaitement naturel, et son attrait, en fin de compte, vient de sa totale inutilité. Aucun art ne me paraît mettre mieux en évidence la profonde pulsion esthétique qui gît en chacun de nous. Chaque fois que nous voyons un homme marcher sur un fil, une partie de nous le rejoint là-haut. A la différence de ce qui se passe dans les autres arts, l'expérience du funambule est directe, immédiate, simple, et ne nécessite aucune explication. L'art est la chose elle-même, une vie dans son tracé le plus nu. Et s'il y a de la beauté là-dedans, c'est à cause de la beauté que nous sentons en nous.

Un autre élément du spectacle à Notre-Dame m'avait ému : le fait qu'il fût clandestin. Avec le soin qu'un pilleur de banques apporterait au montage d'un coup, Philippe avait préparé le sien en silence. Pas de conférence de presse, pas de publicité, pas d'affiches. Une pureté impressionnante. Quel gain pouvait-il en espérer ? Si le câble s'était rompu, si l'installation avait été défectueuse, il se serait tué. D'autre part, que lui avait valu sa réussite ? L'aventure ne lui avait certes pas rapporté d'argent. Il n'avait même pas tenté de tirer profit de son bref moment de gloire. En fin de compte, le seul résultat tangible avait été un court séjour dans une prison parisienne.

Pourquoi l'avait-il fait, alors ? Dans la seule intention, à mon avis, d'éblouir le monde en montrant ce dont il était capable. Après l'avoir vu jongler dans la rue, austère et obsédant, j'avais l'intuition que ses motivations n'étaient pas celles des autres hommes – pas même celles des autres artistes. Avec une ambition et une arrogance de taille à mesurer le ciel, et en s'imposant les contraintes intérieures les plus rigoureuses, il voulait, simplement, faire ce qu'il était capable de faire.

Après avoir passé quatre ans en France, je revins à New York en juillet 1974. Je n'avais plus entendu parler de Philippe Petit depuis longtemps, mais le souvenir de ce qui s'était passé à Paris restait vivace, élément permanent de ma mythologie intérieure. Et puis, un mois à peine après mon retour, il fut de nouveau question de lui dans les journaux, à New York cette fois, et de sa traversée, devenue fameuse, d'une tour à l'autre du World Trade Center. Je fus content de savoir que Philippe rêvait encore ses rêves, et cela me donna l'impression que j'avais choisi le bon moment pour rentrer chez moi. New York est une ville plus généreuse que Paris, et ses habitants réagirent avec enthousiasme à cet exploit. Cependant, de même qu'après son aventure à Notre-Dame, Philippe demeura fidèle à sa vision. Il n'essaya pas de monnayer sa célébrité nouvelle ; il parvint à résister au bric-à-brac des tentations que l'Amérique n'est que trop encline à offrir. On ne publia pas de livre, on ne fit pas de film, aucun entrepreneur ne s'empara de lui pour promouvoir sa marque. Le fait que le World Trade Center ne l'ait pas enrichi parut presque aussi remarquable que l'événement en soi. Mais la preuve en était là, visible pour tous les New-Yorkais : Philippe continuait à gagner sa vie en jonglant dans la rue.

La rue a été son premier théâtre, et il considère encore ce qu'il y fait avec autant de sérieux que son travail sur le fil. Tout a commencé très tôt pour lui. Né en 1949 dans une famille française de classe moyenne, il a appris tout seul à exécuter des tours de magie quand il avait six ans, à jongler quand il en avait douze, et à marcher sur le fil quelques années plus tard. Pendant ce temps, tout en se plongeant dans des activités aussi diverses que l'équitation, l'alpinisme, l'art et la menuiserie, il a trouvé le moyen de se faire expulser de cinq écoles. A seize ans, il a entrepris une série d'incessants voyages dans le monde entier en se produisant comme jongleur de rue en Europe occidentale, en Russie, en Inde, en Australie et aux Etats-Unis. *J'ai appris à me débrouiller pour vivre*, a-t-il dit de ces années. *Je jonglais partout, pour tout le monde – je me baladais comme un troubadour avec mon vieux sac de cuir. J'ai appris à échapper à la police sur mon monocycle. J'ai eu des faims de loup. J'ai appris à contrôler ma vie.*

Mais c'est sur son activité de funambule que Philippe a concentré l'essentiel de ses ambitions. En 1973, deux ans à peine après Notre-Dame, il a renouvelé son exploit clandestin en Australie, à Sydney, sur un câble tendu entre les pylônes nord du Harbour Bridge, le plus grand pont d'acier du monde. Après le World Trade Center, en 1974, il a franchi la grande chute de Paterson, dans le New Jersey, est apparu à la télévision à l'occasion de son passage entre les deux flèches de la cathédrale de Laon, en France, et a aussi traversé le Superdome, à La Nouvelle-Orléans, en présence de quatre-vingt mille spectateurs.

Philippe a également travaillé pour le cirque. Son numéro a figuré pendant un an au programme des

Ringling Brothers Barnum and Bailey, et il s'est produit de temps à autre en tant qu'invité dans le *Big Apple Circus*, à New York. Mais le cirque traditionnel n'a jamais offert leur vraie place aux talents de Philippe, et il le sait. C'est un artiste trop solitaire, trop peu conventionnel pour s'adapter sans malaise aux contraintes du grand spectacle commercial. Le plus important à ses yeux, et de loin, ce sont ses projets d'avenir : passer au-dessus des chutes du Niagara ; marcher du sommet de l'Opéra de Sydney au sommet du Harbour Bridge – un trajet en pente de plus de huit cents mètres. Comme il s'en explique : *Parler de records ou de risque, là n'est pas la question. Toute ma vie, j'ai recherché les traversées les plus étonnantes : montagnes, chutes d'eau, immeubles. Et s'il se trouve que les plus belles sont aussi les plus longues ou les plus dangereuses, c'est très bien. Mais ce n'est pas ça que je recherche d'abord. Ce qui m'intéresse, c'est le spectacle, le beau geste.*

Quand je rencontrai enfin Philippe, en 1980, je me rendis compte que mon intuition ne m'avait pas trompé à son propos. Il ne s'agissait pas d'un risque-tout ni d'un cascadeur, mais d'un artiste singulier, capable de parler de son travail avec intelligence et humour. Ainsi qu'il me le confia ce jour-là, il ne voulait pas que les gens le considèrent comme un “bête acrobate” de plus. Il évoqua certaines des choses qu'il avait écrites – des poèmes, des récits de ses aventures à Notre-Dame et au World Trade Center, des scénarios de films, un petit livre sur l'art du funambule – et je lui dis que cela m'intéresserait de les voir. Quelques jours plus tard, je reçus par la poste un gros paquet de manuscrits. Ils étaient accompagnés d'une note expliquant que ces textes avaient été rejetés par dix-huit éditeurs différents en France et en Amérique. Je ne pensais pas que ce fût un obstacle. Je promis à Philippe de faire tout mon possible pour lui trouver un éditeur, et aussi de lui servir de traducteur si nécessaire. Compte tenu du plaisir que m'avaient procuré ses numéros dans la rue et sur le fil, il me semblait que c'était la moindre des choses.

Le Traité du funambulisme est à mon avis un livre remarquable. C'est non seulement le premier qui ait jamais été consacré à l'art du funambule, c'est aussi un testament personnel. On y découvre à la fois l'art et la science du funambule, le lyrisme et les exigences techniques du métier. En même temps, qu'on ne s'y trompe pas, ce n'est ni une méthode ni un manuel d'instructions. Marcher sur un fil ne peut pas vraiment s'enseigner ; c'est une chose qu'on apprend par soi-même. Et un livre serait certes le dernier endroit où se tourner si l'on envisageait sérieusement de s'y mettre.

Ce livre est donc une sorte de parabole, un voyage spirituel en forme de traité. D'un bout à l'autre, on y sent la présence de Philippe : c'est son fil, son art, sa personnalité qui alimentent le discours entier. Personne d'autre n'y a sa place. C'est sans doute le principal enseignement à retirer de ce traité : le fil est un art de solitude, une façon d'affronter sa propre existence dans les recoins les plus sombres, les plus secrets de soi. Pour le lecteur attentif, ce livre devient le récit d'une quête, l'histoire exemplaire d'un homme à la recherche de la perfection. Comme tel, il a plus à voir avec la vie intérieure qu'avec le fil. Il me semble que quiconque s'est jamais efforcé de bien faire quelque chose, quiconque a jamais consenti des sacrifices personnels pour un art ou une idée comprendra sans difficulté de quoi il s'agit.

Il y a deux mois, je n'avais encore jamais vu Philippe sur le fil en plein air. Une ou deux fois au cirque, et des photographies de ses exploits, mais jamais en plein air, en chair et en os. La récente cérémonie d'inauguration de la cathédrale St. John the Divine, à New York, m'en a enfin donné l'occasion. Après un hiatus de plusieurs dizaines d'années, on s'apprêtait à reprendre la construction de la tour. En une sorte d'hommage aux funambules du Moyen Age – les *jongleurs* de l'époque des grandes cathédrales françaises –, Philippe avait conçu l'idée de tendre un câble d'acier du haut d'un grand immeuble à appartements d'Amsterdam Avenue au sommet de la cathédrale, à travers la rue – un trajet en pente de plusieurs centaines de mètres. Après être passé d'un côté à l'autre, il présenterait à l'évêque de New York une truelle d'argent qui servirait à poser la première pierre symbolique.

Les discours préliminaires durèrent longtemps. L'un après l'autre, les dignitaires se levèrent et parlèrent de la cathédrale et de l'instant historique qui se préparait. Des hommes d'Eglise, des personnages officiels de la ville, l'ex-secrétaire d'Etat Cyrus Vance, tous prononcèrent leur discours. Une foule nombreuse s'était massée dans la rue, surtout des écoliers et des gens du quartier, et il paraissait évident que la majorité d'entre eux étaient venus pour voir Philippe. Tandis que les discours se succédaient, on bavardait et on s'agitait beaucoup dans cette foule. Le temps de fin septembre était menaçant : un ciel cru, gris pâle ; le vent qui commençait à souffler ; des nuages de pluie au loin. Tout le monde était impatient. Si les discours s'éternisaient, il faudrait peut-être annuler la traversée.

Heureusement, le temps ne se gâta pas et le tour de Philippe arriva enfin. La zone située sous le câble devait être vidée de tout public, ce qui signifie que ceux qui s'étaient trouvés quelques minutes plus tôt au centre de la scène étaient à présent repoussés sur les côtés avec le reste d'entre nous. Une telle démocratie me plut. Je me trouvai par hasard épaule contre épaule avec Cyrus Vance sur les marches de la cathédrale. Moi avec mon vieux blouson de cuir, lui dans son impeccable complet bleu. Mais ça semblait sans importance. Il était aussi ému que moi. Je me rendis compte plus tard qu'en toute autre circonstance je serais resté muet de timidité à côtoyer un personnage aussi important. Mais au moment même, je n'y pensai pas. Nous parlions du fil et des dangers que Philippe devrait affronter. Il en paraissait sincèrement impressionné et regardait sans cesse le fil, là-haut – comme je le faisais, et comme le faisaient les centaines d'enfants qui nous entouraient. C'est alors que je compris l'aspect le plus important de l'art du funambule : il nous réduit tous à notre commune humanité. Un secrétaire d'Etat, un poète, un enfant : nous devenons égaux aux yeux les uns des autres, et par conséquent nous faisons partie les uns des autres.

Invisible derrière la façade de la cathédrale, un orchestre de cuivres entonna une fanfare de la Renaissance et Philippe émergea du toit de l'immeuble, de l'autre côté de la rue. Il était vêtu d'un costume médiéval en satin blanc et portait la truelle d'argent pendue à la ceinture. Il salua la foule d'un gracieux geste de bravoure, empoigna fermement son balancier des deux mains et entreprit sa lente descente sur le fil. Pas après pas, je me sentais marcher là-haut avec lui et ces hauteurs parurent peu à peu devenir habitables, humaines, heureuses. Il se laissa glisser sur un genou et salua de nouveau la foule ; il se mit en équilibre sur un pied ; ses mouvements délibérés et majestueux respiraient l'assurance. Puis, soudain, il atteignit sur le fil un endroit suffisamment éloigné de son point de départ pour que mes yeux perdent tout contact avec les repères environnants : l'immeuble, la rue, les gens. Il était maintenant juste au-dessus de nous et, penché en arrière afin de ne rien perdre du spectacle, je n'apercevais plus que le fil, Philippe et le ciel. Il n'y avait rien d'autre. Une silhouette blanche sur un ciel presque blanc, comme libre. La pureté de cette image s'est gravée dans ma mémoire et elle s'y trouve encore aujourd'hui, totalement présente.

Du début à la fin, je n'ai pas pensé un instant qu'il pouvait tomber. Risque, peur de la mort, catastrophe : rien de tout cela ne faisait partie du spectacle. Philippe avait assumé la pleine responsabilité de sa vie, et je sentais que rien n'aurait pu ébranler sa résolution. L'art du funambule n'est pas un art de mort, mais un art de vie – de vie vécue à l'extrême de la vie. C'est-à-dire une vie qui ne se cache pas de la mort mais la regarde en face. Chaque fois qu'il pose le pied sur le fil, Philippe se saisit de cette vie et la vit dans toute l'exaltation de l'immédiat, dans toute sa joie.

Puisse-t-il la vivre jusqu'à cent ans.

*1982**

* Extrait de *L'Art de la faim* traduit de l'anglais (États-Unis) par Christine Le Bœuf.
Titre original : *The Art of Hunger*, Sun & Moon Press.
© Paul Auster, 1982
© Actes Sud, 1992 pour la traduction française

TRAITÉ DU FUNAMBULISME

Le voyage à faire le voici
Lève-toi quand ton fil se mélange à la carte du ciel

DÉFINITIONS

Celui qui marche, danse ou voltige
sur une corde à quelques mètres du sol
n'est pas funambule.
Son fil peut être tendu, lâche, muni de ressorts
ou complètement détendu, il travaille avec ou sans
balancier,
on l'appelle le danseur de corde.

Qui emploie de la même manière
un mince fil d'archal ou d'acier
devient fildefériste.

Reste celui dont le spectacle semble jeu de hasard.
Celui qui est fier de sa peur.
Il ose tendre ses câbles par-dessus les précipices,
il se lance à l'assaut des clochers,
il s'éloigne et unit les montagnes.
Son câble d'acier, sa corde, doivent être fort tendus.
Il se sert d'un balancier pour les grandes
traversées.
C'est le Voleur du Moyen Age,
l'Ascensionniste du siècle de Blondin,
le Funambule.

AVERTISSEMENT

Non, le fil n'est pas ce que l'on imagine.
Ce n'est pas l'univers de la légèreté, de l'espace, du sourire.
C'est un métier.
Sobre, rude, décevant.

Et celui qui ne veut pas mener une lutte acharnée d'efforts vains, de dangers profonds, de pièges,
celui qui n'est pas prêt à tout offrir pour se sentir vivre,
celui-là n'a pas besoin de devenir funambule.
Surtout il ne le pourrait pas.

Quant à ce livre,
l'étude du fil n'est pas rigoureuse,
elle est inutile.

L'INSTALLATION DU CÂBLE

Il existe des cordages aux fibres naturelles, artificielles, ou métalliques. Ces fibres étirées, tordues, roulées, compressées, ou soumises à des différences de température, produisent un fil.

Les fils s'assemblent pour former le toron. Plusieurs torons tressés, câblés, ou gainés, deviennent corde. Une corde possède souvent en son centre un toron de matière étrangère qu'il convient d'appeler "l'âme".

Fils, torons, et âme sont assemblés par des méthodes aux lois aussi rigoureuses que variées.

Il y a donc une infinité de cordages.

Qui se destine à la maîtrise funambulesque aura pour tâche de les découvrir. De les comparer. De retenir ceux dont les propriétés s'accordent avec ses aspirations. D'apprendre à les nouer. De s'y connaître à les tendre.

Acquérir ce savoir occupe une existence.

Pour l'instant, prendre une corde métallique d'acier clair, composée de six, sept ou huit torons et d'un diamètre compris entre douze et vingt-six millimètres.

Avec une âme en chanvre.

On ne rencontre plus aujourd'hui de funambule à grande hauteur sur l'épaisse corde de chanvre italien. Pour des raisons de commodité le câble d'acier en est devenu le successeur.

Ce câble ne doit présenter aucune trace de graisse. Tout câble d'acier étant lubrifié à sa fabrication, la première opération consistera donc à le dégraisser. La meilleure façon est d'étendre le câble dans un coin du jardin et de l'abandonner là plusieurs années au bout desquelles on explorera les hautes herbes pour reprendre possession du "vieux câble" que l'on rajeunira en le passant à l'essence et en le frottant à l'émeri jusqu'à ce qu'il soit propre et gris. Il est conseillé de laisser ainsi exposée une longueur importante, par exemple cinq cents mètres. On coupera les marches au fur et à mesure des besoins.

Si l'on ne peut se permettre de vieillir ainsi du câble neuf, on se contentera de répéter le nettoyage autant de fois qu'il sera nécessaire, d'essuyer toron après toron et de recommencer l'opération jusqu'au moment où le fil est absolument sec. Ce procédé ne donne pas entière satisfaction puisque la graisse qui dort dans l'âme ressort parfois abondamment lors de l'exposition prolongée au soleil d'un câble très tendu.

Le câble rouillé en surface est excellent une fois brossé et essuyé.

Un câble doit être en bon état. Sans tours ni gendarmes. Les tours sont les traces d'une ancienne boucle, d'un ancien accrochage : le câble a été tordu et lorsqu'on le tend il demeure une bosse à peine visible que la plus grande tension n'effacera pas. Les gendarmes sont les fils cassés d'un toron, ils se dressent comme des échardes. Pour s'assurer que le fil n'en cache pas, faire courir un chiffon sur toute la longueur du câble et dans les deux sens.

La première installation sera un simple fil long d'une dizaine de mètres, tendu à deux mètres cinquante du sol entre deux mâts de faible taille, deux X de bois ou de métal, ou bien plus sommairement entre deux arbres de caractère. Arrimer d'un côté avec des serre-câbles, de l'autre fixer un tendeur à une élingue. Tendeur à lanterne, ou tendeur à levier. Former à l'extrémité du câble un œil garni de sa cosse. A l'aide d'une moufle, amener l'œil au croc du tendeur. Accrocher au tendeur et tendre. Laisser sous tension une journée puis resserrer les serre-câbles. On peut alors tendre davantage ou détendre le câble, suivant le besoin. Prendre bien soin d'entourer le tronc des arbres avec de la grosse toile de jute pour qu'ils ne souffrent pas de la marque du fil.

LES PREMIERS PAS

Les tout premiers pas pourraient être faits sur un fil court, tendu à trois centimètres du sol. Mieux vaut alors fermer ce livre et devenir funambule de salon.

Ne pas se mettre à la recherche d'une échelle. Bondir sur le fil.

Chaussons, balancier, plus tard !

Tout de suite en équilibre sur un pied, face à l'arbre, vite. Tenir longtemps. Reprendre l'arbre. Ne pas sauter. Ne pas marcher. La jambe est fixe. Le pied dans le sens du fil. Ce sont les bras qui vont et viennent, peu importe comment. Chercher l'équilibre. Assez ! Changer de pied. Juste un essai. Changer à nouveau. On trouvera ainsi son meilleur pied, celui qui sera le “pied d'équilibre” par la suite.

La suite c'est lorsque vous cesserez cette gymnastique stupide pour vous retourner et vous adosser au tronc de l'arbre.

A la question de l'équilibre, le funambule n'est pas une réponse.

Regardez résolument ce qui s'étire devant vous.

Vous êtes face au câble.
Voilà.

Tout change maintenant que le fil est là.

Accrochez votre regard à l'extrémité, la mire, et tentez une traversée. Ne cherchez pas l'écorce derrière vous, mais sautez au premier déséquilibre. La traversée se fera comme une succession d'équilibres : sur un pied, sur l'autre…

Vous ne devez pas tomber.

Lors d'un déséquilibre, résistez longuement avant de vous tourner vers le sol, puis sautez.

Il ne faut plus s'efforcer de se maintenir, il faut gagner du terrain. Conquérir !

Le fil tremble. On a le désir de lui imposer le calme en usant de la force, alors que c'est avec souplesse que l'on doit se déplacer sans contrarier le chant du câble.

Il est plus juste de faire ses premiers pas sans balancier. C'est naturel.

Cette barre encombrante favorise une traversée sans efforts à celui qui sait, elle n'est d'aucune utilité au débutant. Une fois maître de l'équilibre sur un pied, et si l'on est capable d'effectuer une demi-traversée sans se décomposer, il est permis de s'emparer du balancier.

C'est généralement une perche de bois ou un tube de métal d'un diamètre permettant de le maintenir confortablement et d'une longueur de cinq à neuf mètres. Son poids varie suivant l'utilisation :

le balancier d'exercice pèsera dix kilos, celui des grandes traversées atteindra vingt-cinq kilos. Sa fabrication est un secret de funambule. Assemblez-le vous-même et ne révélez à personne comment vous vous y êtes pris.

Pour que le pied sente le câble et ne se prête pas à d'accidentelles glissades, des chaussons en peau de buffle sont conseillés, quoique par temps de pluie il faille les remplacer par ceux à semelle de caoutchouc. Mais de quelconques chaussures dépourvues d'armature et dont on aura retiré la semelle principale, ainsi que d'épaisses chaussettes – plusieurs à chaque pied – feront très bien l'affaire.

Une branche d'arbre encore verte, ou un vieux tuyau rouillé fourniront le premier balancier.

Ne perdez pas votre temps à terre.

Travaillez sans relâche. Il faut que ce fil peu à peu vous appartienne.

Le balancier se tient solidement, bras écartés. On le déplace vers la gauche, vers la droite, sans l'incliner, dans un geste de va-et-vient horizontal. Le bassin ne bouge pas, la jambe est rigide sans être morte.

Mais on découvre tout cela.

Avant la fin du jour vous aurez fait votre première traversée.

Il faut avoir lu ceci :

“L’équilibriste sur sa corde est à l’état d’équilibre instable, c’est-à-dire que sa base de sustentation étant très étroite dans le sens latéral, et son centre de gravité se trouvant placé au-dessus (à peu près au niveau du creux de l’estomac), ce centre de gravité tend constamment à se déplacer. Or le moindre déplacement amène une décomposition de la force, la pesanteur agissant verticalement se décompose en deux autres forces faisant entre elles un angle droit dont le sommet est au centre de gravité. L’une suit l’axe du corps, l’autre tend à faire pivoter celui-ci autour de la base de sustentation ; elle est d’autant plus grande que l’axe du corps est incliné. C’est cette force qui tend à faire tomber l’équilibriste, et le talent de celui-ci consiste à ne jamais laisser prendre à cette force une puissance supérieure à celles dont il dispose pour la détruire.”

L’auteur mérite un baptême du fil !

LES MARCHES

L'homme de cheval sait le bonheur qui se trouve dans le travail au pas. Il laisse le galop au cavalier pressé.

Calme, le funambule répétera sans se lasser le *Temps de Corde* qui consiste à parcourir la longueur de son câble, au pas, en avant, simplement. C'est le premier exercice avec balancier, le plus important, le plus ancien. A la suite d'un grand nombre d'allers et retours, vous sentirez la saveur d'un aller puis celle d'un retour. Continuer à marcher longuement avant d'entreprendre une marche. Que celle-ci soit lente et soignée, tirée comme un trait à la force du regard : le corps droit, le pied bien dans le fil à chaque pas, le balancier immobile.

Poser d'un coup le pied sur le fil produit une marche sûre mais pesante, tandis que glisser le pied par la pointe, la plante, puis le talon, permet de connaître cette enivrante légèreté, fantastique à grande hauteur. Et puis on dira de vous : "Il se promène sur son fil !" Mettez alors pied à terre et parcourez dix mètres sur le sol en tenant le balancier : voilà la marche parfaite ! Remontez sur le fil et travaillez. Cette épreuve était nécessaire : vous commenciez à vous sentir funambule.

Les marches sont l'âme du câble. Il en existe une infinité.

La marche mesurée du torero qui glisse vers son adversaire, chaque pas au péril plus proche, le corps cambré avec outrance, hypnotisé. La promenade comme par terre, les deux bras ballants. La marche d'une seule traite sans le moindre souci d'équilibre, le balancier sur l'épaule, un bras libre et le regard dans le ciel où se trouvent ses pensées ; de la brave démarche de l'homme de la terre qui rentre au foyer, l'outil à l'épaule, satisfait de la journée accomplie.

Ces marches sont les miennes.

Découvrez les vôtres. Œuvrez à leur perfection.

La marche à reculons ne se pratique pas.

A moins qu'elle ne vous soit spécifiquement agréable.

LA COURSE

La course ?

Ah ! c'est amusant la course.

C'est frais, c'est tentant, c'est joyeux, cela distrait.

La course ne peut être qu'une course de joie.

Ah ! Comme il court sur son fil !

Vous courez à une chute certaine.

La course viendra naturellement de marches légères et rapides.

La laisser venir.

En posant les pieds suivant l'axe du câble, on peut effectuer une marche rapide, une course brève, mais pour courir avec vigueur sur un fil, on doit lancer les pieds en travers, comme le font les canards.

Pour commencer, courir sans autre souci que la régularité. La course se montrera rebelle. Ajouter la vitesse à ce galop, il prendra le mors aux dents.

Il faut fixer la mire jusqu'à voir le fil tout entier. Le sentir dans l'espace. En mesurer l'étendue. La distance est trop épaisse pour s'y aventurer sans courage. Brandir le balancier devant soi et partir d'un coup. A l'aide des bras largement ouverts, se frayer un passage, pousser le bassin vers l'extrémité du câble, les pieds suivent, on se tient droit, le corps passe.

Clouez cette longueur d'acier sous votre emprise : dévorez l'espace de trois enjambées.

Comprendre la course c'est accorder le vent de la marche au souffle du câble sans se poser de questions.

La course n'est pas le moyen d'aller rapidement d'une extrémité à l'autre du fil.

La course, ah ! ah ! c'est le rire du funambule.

La course sans balancier : peut-être l'exercice le plus exigeant de l'art funambulesque.

LA RECHERCHE DE L'IMMOBILITÉ

C'est l'arcane de la danse de corde. La sève.

Le temps importe peu pour l'atteindre.

Devrais-je dire pour l'approcher ?

Pour l'approcher le funambule se fait alchimiste. Il renouvelle sa tentative à longueur de fil sans jamais inventer le Domaine de l'Immobile où, paraît-il, les bras pendent devenus inutiles au long d'un corps pesant dix fois son poids.

La saveur d'une seconde d'immobilité – si le fil vous l'accorde – est un bonheur intime.

Venez au milieu du câble par la plus harmonieuse de vos marches.

Placez-vous en état d'équilibre. Attendez. Le balancier lui-même se confondra avec l'horizontale, le corps s'arrimera sur deux jambes solides et fixes : l'immobilité sera promptement au rendez-vous.

C'est ce que vous penserez.

Vous vous croirez immobile : je ne bouge plus, je suis immobile.

Et votre regard qui surveille et vagabonde ? J'ai surpris vos yeux le long des arbres. Et ces pensées dans votre crâne, qui balbutient de gauche à droite ?

Et ce sang dans vos veines, qui cascade comme ruisseau à la saison des pluies ? Et le vent dans vos cheveux ? Et le fil qui hoche la tête ? Et cet air que vous mangez et mâchez ? Quel bruit !

Non, les minuscules habitants des herbes n'ont jamais observé un être si animé.

La quête de l'immobilité est plus incertaine encore si l'on abandonne le balancier, mais combien plus essentielle.

Il faut s'y consacrer.

En équilibre sur un pied, le pied d'équilibre, conduire progressivement bras et jambe libre au repos.

Garder cette position. C'est le premier point.

Amener ensuite la jambe libre devant ou derrière l'autre, les deux pieds sur le fil. Les bras servent de balancier, on les agite de plus en plus faiblement. C'est le deuxième point.

Il faut maintenant supprimer les bras en les croisant devant soi, en les laissant pendre naturellement, ou bien en plaçant les mains derrière le dos. Tout cela par voie souterraine. Clandestinement. C'est le troisième point.

A présent c'est une affaire de patience, entre le fil et vous.

Approchez. Sentez : l'équilibre n'existe plus. Epiez l'instant où vous couperez net votre respiration. Une pesanteur d'outre-monde vous écrasera contre ce câble à travers lequel vous dirigerez votre souffle : l'air devra entrer par l'extrémité du fil, cheminer lentement le long de celui-ci, percer la plante de vos pieds, monter le long de vos jambes, inonder votre corps, gagner enfin vos narines. L'expiration se fera sans relâche, par le même chemin ; vous jetterez doucement du bout des lèvres l'air qui descendra, coulera autour de chaque muscle, épousera la ligne de vos pieds, réintégrera le fil…

Ne pas lâcher le souffle en chemin, le poursuivre jusqu'à ce qu'il s'échappe par l'extrémité du fil, ainsi qu'il était venu.

La respiration deviendra lente, distendue, longue comme un fil.

On fera corps avec l'installation, solide comme un roc.

On se sentira objet d'équilibre. On deviendra câble.

A celui qui l'a construit, cet équilibre sans défaut, fugitif, fragile, semblera posséder la densité du granit.

Si aucune pensée ne venait troubler ce miracle, il s'éterniserait. Mais l'homme, s'étonnant de tout et de lui-même, aussitôt se désempare.

Le point d'orgue de l'équilibre plane par-dessus le fil, se cogne au funambule, navigue comme une plume sous le vent de ses efforts. Que ce vent vienne à faiblir, qu'il meure, et cette plume aussitôt pénétrera le funambule pour s'endormir en son centre de gravité.

C'est ainsi que l'on atteint le calme relatif, l'équilibre resserré, rarement le bref instant d'immobilité absolue.

Car le vent de nos pensées, plus violent que celui de l'équilibre, aura tôt fait d'envoyer voltiger à nouveau cette plume si sensible vers les nuages de la dérobée.

PIEDS NUS

Voilà pourquoi j'ai la nostalgie de la corde funambulesque.

Elle se pratique nu-pieds, pas le câble.

Qu'il était fier, le marcheur sur corde raide, de posséder sous chacun de ses pieds cet étonnant tatouage fabriqué au-dessus des foules, à force de résistance et de bravoure, mais connu de lui seul. Il en admirait la dureté comme une preuve de sa destinée d'Empereur des Airs, et même à terre continuait à se promener sur cette ligne de corne.

Le pied et le chanvre étaient de bons vivants.

Le câble d'acier a remplacé la corde, mais s'il respire c'est grâce à son âme en chanvre. Et bien que le pied ne se fasse pas au contact du métal, il est indispensable d'avoir de fréquents retours au travail pieds nus. Ainsi le pied trouve sa place sur le câble tandis que le câble prend sa place dans le pied.

Il faut s'y essayer avec délicatesse.

Le fil pénètre entre le pouce et l'index, traverse le pied tout au long de sa plante, pour s'échapper derrière le talon qu'il vient de couper en son centre. On peut aussi faire entrer le fil sous la chair du pouce, la plante est parcourue en oblique et le câble sort légèrement en deçà du centre du talon. Si ce dernier procédé est acceptable pour certaines marches, il demeure indispensable de pouvoir se servir du pouce et de l'index pour saisir le fil et s'y accrocher (c'est le seul moyen de se tirer d'une *Marche à la mort* devenue glissante).

Rester en équilibre sur un pied jusqu'à ce que la douleur ne soit plus supportable, prolonger la souffrance d'une minute encore avant de changer de pied. Renouveler l'exercice puis entreprendre une série de marches. Attendre que le pied soit parfaitement placé avant de libérer le pas suivant.

Lorsque la pose de chaque pied sera devenue chose naturelle, les jambes auront acquis leur indépendance, et vous le geste d'un pas noble et sûr.

Ne rien espérer d'un travail sérieux de quelques heures. La peau devra le comprendre.

Mais je promets que lorsque vos pieds se glisseront d'eux-mêmes au repos dans le lit d'un câble, vous vous surprendrez à sourire, pris d'une grave lassitude. Regardez : il y a sur la plante ce que mon ami Fouad nomme la Ligne du Rire. Elle correspond à la marque du fil.

LE SALUT DU FUNAMBULE

Avant d'entamer la dernière phase du combat, le matador, d'un petit geste de cercle, présente sa *montera* aux vingt-cinq mille spectateurs. Puis il la jette sur le sable.

Le salut du torero est une dédicace.

Quand le ballon est prêt, l'ascensionniste ordonne : "Lâchez tout !" Aspiré au-dessus d'une forêt de bras il sème de larges huit avec sa casquette, avant de devenir invisible.

Le salut de l'aéronaute est un adieu.

Le funambule, après son entrée sur le fil, s'arrête au beau milieu et s'agenouille. Il détache une main de son balancier.

Le salut du funambule est une déclaration.

De puissance et de triomphe.

C'est son poing qu'il jette à la face des vents.

Mais à la fin du geste le poing s'ouvre et la main recueille la réponse, le funambule la lit à genoux.

Nouvelles de mort ou promesses de joies, au milieu du câble il ne laisse rien paraître de ce qu'il sait.

Précédé par le temps de corde, le salut est le premier exercice que doit apprendre le funambule.

Il y a le salut debout, à genoux et assis.

Le premier se fait sur une jambe, balancier posé sur la cuisse horizontale, le bras levé.

Le second est le véritable salut du funambule. Pour qu'il soit parfait, une partie du poids du corps doit reposer sur le cou-de-pied et le dessus du pied doit se trouver entièrement au contact du câble, et non la pointe seule, recourbée, comme on l'observe fréquemment, ce qui est disgracieux.

Le salut assis est le même que celui debout, à cette différence que le fil passe sous la cuisse et le milieu de la fesse. On peut arriver par surprise au salut assis en se lançant dans le vide, les muscles de la cuisse absorberont les vibrations de la violente rencontre avec le câble.

Le salut du funambule connaît de nombreuses variations. J'ai découvert d'anciennes gravures où l'équilibriste est représenté agenouillé, mais seul le genou repose sur la corde, le reste de la jambe part dans l'espace perpendiculairement au fil.

Un salut se fait à l'entrée sur le fil, mais il y a aussi le salut qui conclut un spectacle. En règle générale tous les exercices peuvent être accompagnés, dans leur moment fort, d'un salut approprié. Il n'existe pas de salut particulier sans balancier. Quoiqu'une belle figure serait d'adopter sur le fil cette pose qu'en 1900 les gymnastes à large moustache prenaient en face des premiers appareils photographiques : debout fiers et simples, bras croisés, tête haute, pieds à l'équerre, bombant le torse. Je l'exécute et le nomme "Salut à l'ancienne".

Mais dites-moi : Où trouver plus grave majesté que lorsque le funambule par admirable révérence prend congé de son fil ?

LES EXERCICES

La marche, la course et le salut précèdent une multitude d'exercices ; une infinité, si l'on y ajoute chaque variante. Souvent le balancier est nécessaire, parfois un matériel spécialement fabriqué est indispensable. Toujours le filet, la longe et autres systèmes de sauvegarde assureront la conquête de l'impossible, mais à bas prix. Il est convenable d'affirmer que ce qui est faisable sur le sol doit pouvoir s'exécuter sur un fil, avec quelquefois une transposition obligatoire.

Dresser la liste complète de tous les exercices présentés sur la corde, le câble ou bien le fil de fer serait aussi vain que de prétendre compiler celle des exercices à inventer, des exercices qui n'ont pas trouvé d'exécutants, des exercices à la frontière de l'inouï et de l'infaisable.

Voici toutefois – plus ou moins par ordre d'entrée en scène :

Le temps de corde, la marche.
La course.
Le salut.
La danse.

Le grand écart.
La fausse chute.
L'équilibre de tête (avec ou sans balancier).
Le repos sur le fil, allongé sur le dos.
La génuflexion, la marche en génuflexion.
L'équilibre sur un genou, sur deux.
La planche, équilibre sur une jambe.
L'équilibre d'un bras.
La roue du gymnaste.
L'équilibre face au public.
Le travail du barriste.

Le travail sur bambou horizontal suspendu (ancêtre du funambulisme japonais).

La descente d'un câble incliné, en glissade sur le ventre (spécialité du Moyen Age), ou pendu par la nuque, par la jambe, ou par le pied à une poulie.

La marche à la mort (montée ou descente d'un fil incliné, avec ou sans balancier).

Les yeux bandés, marche avec cagoule, marche dans le sac.

La danse avec les sabots. La danse sur les pointes.

La danse des faux, des faucilles, des poignards attachés aux chevilles.

La marche dans les paniers (Maria Spelterini au-dessus des rapides du Niagara).

La marche entravée : chevilles enchaînées.

Le saut à travers le cerceau de papier.

La marche de l'étendard, la traversée aux drapeaux.

La carafe et le verre d'eau : rafraîchissement sur la corde.

La marche au chandelier, à l'épée (l'accessoire est tenu en équilibre sur le menton, le nez ou bien le front, le temps d'un équilibre ou bien d'une traversée, avec balancier pour le funambule à grande hauteur, sans balancier pour celui qui pratique la corde lâche).

Travail avec l'ombrelle chinoise ou l'éventail indien (fréquemment sur corde inclinée).

Le demi-tour sans balancier.

Le demi-tour sauté sans balancier.

Le tour complet, sans balancier (deux demi-tours se succédant).

Le demi-tour avec balancier (le funambule fait volte-face, son balancier n'a pas bougé).

Le demi-tour du balancier (le funambule se retourne en tenant son balancier qui balaie l'espace sur 180°).

La jonglerie (le plus souvent des balles, des massues, des torches ou des anneaux), avec ou sans balancier. Celui-ci pouvant être maintenu en équilibre sur le fil à l'aide du pied d'équilibre.

La marche dans le cerceau. (Le cerceau qui roule sur le fil, est maintenu dans le plan vertical par les pieds du funambule qui se posent à l'intérieur.)

Le cercle aux chevilles. (Le cerceau est maintenu dans le plan horizontal par les chevilles, ce qui force le funambule à faire de larges pas déportés vers l'extérieur pour ne pas perdre contact avec l'anneau.)

Le passage du corps à travers le cerceau.

La marche au balancier dans le dos.

La marche avec balancier au-dessus de la tête, tenu à bout de bras.

Le balancier sur l'épaule.

Le balancier posé en équilibre à plat sur la tête.

Le passage du balancier dans le dos (jeté par-dessus les épaules ou passant sous les jambes).

La course en arrière.

Le déguisement sur le fil. La reconstitution historique.

Les imitations de personnages, d'animaux.

Le port de l'armure.

Le coup de canon. (Maria Spelterini, en 1882 à Barcelone, présentait sur la corde un faux canon tonnant et fumant !)

Le travail comique sur le fil.

L'instrument de musique sur le fil (jouer dans toutes les positions).

L'équilibre sur la planchette de bois (immobile ou petits sauts en avant).

L'équilibre sur l'échelle, l'escabeau.

L'équilibre de la chaise, barreaux ou pieds reposant sur la corde.

Le repas sur le fil, avec table et chaise.

L'omelette sur le fil avec le fourneau et sa batterie de cuisine.

La danse des pistolets, des sabres. Le lanceur de couteaux.

Le tir de précision sur le fil, la cible mouvante, le tir aux ballons.

Le vélocipède, la bicyclette.

Le monocycle (normal, géant).

Vélo dressé : transformation de la bicyclette en monocycle (ou vice versa).

Les patins à roulettes (Joe Parson, sur câble, vers 1885).

La marche des échasses.

Le saut en hauteur. Franchissement de la table.

Le saut à la corde. Doublé, triplé, croisé, avec progression en avant.

Le saut de la cravache tenue à deux mains, avant et arrière.

Le saut périlleux du funambule (roulade lancée en avant) avec balancier.

Le véritable saut périlleux de pied à pied ou de fesse à fesse, en avant ou en arrière, simple ou double (exercice principal des fildeféristes et danseurs de corde, spécialité de Li Suang, exercice impensable pour le funambule à grande hauteur sans protection).

Le caboulot (roulade en arrière avec balancier). Traversée en caboulots.

La renverse (sorte de caboulot sans balancier où l'acrobate s'empare du câble derrière lui depuis la position couchée et le tire à lui ce qui le fait rouler en arrière pour se retrouver assis).

Le fardeau humain, le baptême du fil (interlude traditionnel des troupes voyageuses : on demande un ou une volontaire à qui l'on offre une première traversée à califourchon sur le dos du chef de la troupe).

Le tomber à cheval sur le fil (généralement pour entamer une série de caboulots).

Le tourbillon autour du fil sans balancier, depuis la position à cheval.

Le tourbillon autour du fil avec balancier (voir *La Strada* de Fellini).

La perche sur le front, avec traversée.

La suspension, pendu sous le câble par les jambes, les talons, les chevilles ou les pointes de pied.

Le travail de fildefériste sur un fil mou fixé sous le câble tendu (Blondin au Niagara).

Le travail d'antipodiste, la trinka sur le fil mou (bel exemple : le travail de Mascha Dimitri).

La rattrape en soleil. (Après une chute réelle ou feinte, le funambule, pendu par les mains, remonte sur le fil en lançant ses jambes écartées ; dès que les pieds agrippent le fil, il tourne autour de celui-ci, avant de se retrouver debout.)

Le feu d'artifice tiré sur le fil (sac à dos garni de sable dans lequel sont plantées les fusées, casque avec soleil, balancier garni de feux de Bengale et de tourniquets – allumage avec cigarette depuis le milieu du fil) ; exercice souvent mortel.

Le saut sur un pied, avec traversée.

La traversée d'un fil enflammé (avec bottes et combinaison d'amiante).

La "véritable" traversée à motocyclette, en tenant le balancier sans contrepoids sous la machine (la "torpille aérienne" de D'jelmako en est dérivée).

"La moto" : traversée à motocyclette sous laquelle un acrobate au trapèze fait office de contrepoids et maintient la machine sur le câble. (D'une manière générale, les funambules récusent cet exercice qui fait du tort à la profession, comme exhibant "un ensemble qui ne peut pas tomber".)

Le travail avec partenaire, le travail de troupe :

La colonne, stationnaire ou traversée (colonne à deux, à trois, à quatre ; depuis les épaules du porteur, spécialité de la troupe russe Abakarova).

La colonne à monocycle, à bicyclette (à deux, à trois, à quatre).

La bicyclette avec trapèze suspendu sous les roues (un ou deux trapèzes, un ou deux voltigeurs).

La pyramide en fourchette (une barre de métal reliant deux porteurs aux épaules permet de créer des échafaudages de trois, cinq, six, sept, huit ou neuf personnes).

La pyramide à trois vélos, avec traversée.

Le croisement sans balancier “à l’esquive” (sans presque se toucher), “à l’accolade” (en saisissant les mains du partenaire et en tournant, en se penchant vers l’extérieur – les fildeféristes Agathe et Antoine l’exécutent avec brio).

Le croisement du dormeur. (On franchit son partenaire qui est couché sur le fil en plaçant un pied sur son estomac.)

Le croisement du dormeur en sautant.

Saut du partenaire assis.

Croisement avec balancier (partenaire assis, couché).

La montée sur le mollet, le dos puis les épaules du porteur pour terminer en saut vers l’avant, arrivée debout sur le fil.

Le saut périlleux arrière *(salto mortale)* depuis les épaules d’un porteur vers les épaules d’un second porteur (jamais fait sans l’aide de la longe).

Le travail de saut avec tremplin ou bascule fixée au câble, avec arrivée en différente hauteur sur les épaules du porteur.

L’échelle de la mort. (A l’origine une simple échelle posée à plat en équilibre sur le fil supportait un acrobate à chaque extrémité. De nos jours l'échelle est solidement fixée au câble, tout en pivotant aisément autour de celui-ci.)

La ceinture humaine (le corps du passager est enroulé autour de la taille du porteur).

La brouette (avec passager humain ou animal – Blondin transportait parfois sa femme, parfois un lionceau !).

La brouette humaine (le passager, qui a les jambes fixées à la taille du porteur, tient une roue dans ses mains qu'il guide sur le fil).

Le tête-à-tête.

Le tête-à-pied, le voltigeur se tient debout sur la tête du porteur. (La troupe russe Voljansky était célèbre pour cet exercice où deux jeunes femmes, se tenant par la taille et debout sur une planchette en équilibre sur la tête du porteur, étaient transportées d'un bout à l'autre d'un fil incliné !)

Le saut périlleux du funambule (caboulot avant) au-dessus d'une, deux, trois ou quatre personnes assises.

Le travail sur plusieurs fils de hauteurs et d'inclinaisons diverses.

Le travail sur un fil qui subit au cours du numéro des variations de hauteur et d'inclinaison (Cirque de Moscou).

Le travail avec des animaux pour partenaires.

A parcourir cette énumération, il convient de faire la part des fils :

Il y a les exercices du fildefériste et du danseur de corde qui ne pourront se faire sur le câble élevé du funambule ; il y a ceux qui ne connaissent pas de limitation de terrain. Il est évident que l'acrobate sur fil mou, à cinq pieds du sol, pourra lever les yeux longtemps pour tenir un objet en équilibre sur son front, ou jongler ; le funambule, sur un câble sans élasticité ni mouvement, ne pourra que tenter sans balancier le même exercice et ne jamais le réussir, sauf par prodiges.

Le funambule doit être inventeur.

Jean-François Gravelet dit Blondin confectionnait une omelette sur le fil, il débouchait une bouteille de champagne et portait un toast à la foule. Il réussit même à photographier, depuis le milieu de la traversée, la foule qui le regardait survoler les rapides du Niagara.

Madame Saqui reconstituait à elle seule des fresques historiques à la gloire de l'empereur Napoléon, du haut de sa corde raide.

Rudy Omankowsky Junior a tiré de nombreuses fois le feu d'artifice sur son câble, il fut le spécialiste du saut périlleux à bicyclette au-dessus de quatre personnes (l'engin tombant dans le filet au moment du désarçonnement). Son père M. Omankowsky, “Papa Rudy”, lui avait enseigné l'extraordinaire sortie du monocycle géant, par saut en avant vers le câble, étant lui-même un maître des séries de caboulots avec jambes tantôt à droite, tantôt à gauche, tantôt de chaque côté du fil, et de la dramatique traversée dans le sac qui se terminait par des chutes à cheval et des séries de roulades.

Sur le fil de fer, Robledillo exécutait “face au public” les déséquilibres de l’ivrogne, me conta le ventriloque *señor* Wences.

Francis Brunn, jongleur légendaire, se souvient avec admiration d’Alzana qui sautait à la corde sur des câbles même humides, et continuait à sauter alors que son corps était déporté hors de l’axe du fil par la naissance d’un déséquilibre.

J’ai assisté plusieurs fois à la fragile traversée de Charif Magomiédoff : il plaçait la pointe de pied de sa femme sur son front et avançait en la maintenant debout en équilibre, elle était bien sûr protégée de la chute par une longe. Mon ami Pedro Carillo descendait la marche la plus inclinée qui soit en sautillant sans balancier, et presque sans lumière, il glissait aussi, volontairement parfois, en arrière pour rejoindre le sol.

Quant à moi je chasse sans répit de nouveaux exercices comme le jet du balancier qui balaie l’espace, la marche sur la pointe des pieds pour ne pas réveiller le cirque endormi, ou bien le rebond du ballon sur le front et autres jongleries si directement inspirées par Francis Brunn.

Mais j’allais oublier nos maîtres à tous : les animaux funambules. Les peintres s’en sont donné à cœur joie. Heureusement, les photographes nous permettront de connaître la vérité à travers la légende.

La marche dans les paniers d'osier est un vieil exercice bien plaisant.

Une grande famille de funambules, les Trishka, avait ainsi dévalisé une fabrique de cigarettes. L'histoire est ancienne, elle peut être contée.

La corde partait de la fenêtre de l'entrepôt. Arrivés dans le spectacle, à l'exercice des paniers, les funambules le recommencèrent un si grand nombre de fois que le public, qui ne partageait pas ce goût excessif pour des paniers, commença à siffler d'impatience.

Les paniers étaient remplis avec méthode à une extrémité du fil, et soigneusement vidés à l'arrivée. La troupe eut ainsi de quoi remplir un tombereau.

LE TRAVAIL SANS BALANCIER

C'est la base de l'art funambulesque.

Mais par prudence le funambule l'a oublié.

Il est rare de voir un funambule sans balancier, à grande hauteur.

C'est pourtant l'image la plus pure d'un homme sur son fil.

A une traversée sans balancier on reconnaît le talent d'un équilibriste ; à un véritable travail sans balancier on salue la race d'un funambule.

La succession d'équilibres sur un pied puis sur l'autre, qui permettait de suivre le fil tant bien que mal, doit se métamorphoser en une marche contrôlée. La traversée doit s'effectuer à vitesse égale, sans la moindre reprise d'équilibre. Si l'on posait son regard sur le câble à quelques mètres devant soi, maintenant c'est à l'extrémité de l'installation qu'il faut tendre au plus vite un fil de vue. Cet attachement à la mire est obligatoire, on lui devra plus d'une fois d'avoir la vie sauve.

La course sans balancier s'entreprendra après l'acquisition d'une marche infaillible. Un travail constant et acharné de plusieurs années vous en rendra maître. Ce que vous espérerez atteindre sur le fil, sans balancier, restera à l'état de tentative car vous "perdrez", à moins que vous ne pratiquiez comme le jongleur, constamment et sans distraction.

Le demi-tour par exemple :

On peut en posséder la notion exacte sans jamais le réussir.

Provoquer le balan vertical du câble, effectuer le demi-tour à l'instant où la vague est à son maximum de hauteur ; le corps étant plus léger, les pieds tournent mieux. Cette vague est imperceptible. Appuyer le pied arrière davantage, il servira de pivot. Et savoir que les pieds ne quittent jamais complètement le fil lors du demi-tour.

Pour se retourner sur les deux jambes en même temps, il faut se hisser légèrement sur la pointe des pieds, les talons décrivant cent quatre-vingts degrés dans l'espace pour retrouver le fil avec ensemble.

Le demi-tour se pratique dans les deux sens, à l'arrêt ou en pleine marche ce qui surprendra comme le changement d'idée d'un funambule somnambule.

Si je devais exécuter une marche et une seule pour me présenter au paradis des danseurs de corde, je choisirais une entrée sans balancier, naturelle, les bras se balançant faiblement le long du corps au rythme du pas : j'avancerais droit sans penser un seul instant que je me trouve sur un fil, tenez, comme ce passant qui s'éloigne…

Mon salut serait cet équilibre sur un genou, mains derrière le dos, que je crois être le seul à présenter.

LES GRANDS MÂTS

La demeure du funambule ne se trouve plus parmi les arbres à la hauteur des premières branches ; un fil tout neuf l'attend.

Une solide marche grise, longue de quinze mètres peut-être, est tendue à six ou huit mètres du sol entre deux mâts peints de sa couleur préférée. Au sommet de chaque mât, une plate-forme. Le funambule pourra s'y reposer, y accrocher ses différents balanciers, y disposer sa chaise, sa bicyclette, ainsi que ses massues de jonglage et son monocycle. Le plancher, un carré de bois assez résistant pour supporter l'ensemble du matériel et le funambule lui-même, se situe sous le fil. La plate-forme des fildeféristes et des danseurs de corde se trouve au-dessus du fil, ils descendent sur leur fil, tandis que les funambules, eux, montent sur leur câble. Dans l'axe vertical du câble de marche et de chaque côté une queue de câble non graissé rejoint le sol. On allongera au maximum un des câbles inclinés qui fera usage de marche à la mort. C'est par ce chemin que vous inaugurerez l'installation si vous n'avez pas la patience d'attendre de terminer l'échelle de corde en chanvre à barreaux de chêne.

Chaque mât est tenu vertical par les “obsé-clungs” : deux câbles de faible diamètre qui coiffent la tête du mât et descendent perpendiculairement à la ligne de marche, pour faire au sol un angle vertical de quarante-cinq degrés. On tire ces haubans au moyen de moufles accrochées à des “pinces” par des “stroppes”. Toute l’installation est ainsi ancrée par des pinces, épaisses barres d’acier – anciennement de bois – que l’on conduit dans le sol à coups de masse et auxquelles on noue une élingue d’acier, de chanvre ou de nylon : la stroppe.

Le montage des grands mâts sera votre première joie de funambule.

On mesure le terrain. On dispose, aux emplacements désignés, les tronçons de mâts que l’on emboîte ; mâts tubes ou bien pylônes à entrecroises ; et l’on procède à “l’habillement” : coiffant tour à tour plates-formes et mâts de tous leurs câbles, dans un ordre si compliqué que plusieurs opérations de montage seront nécessaires au néophyte avant qu’il en assume seul la responsabilité. Car vous êtes accompagné bien entendu d’un vieux funambule dont vous avez gagné l’amitié, et qui vous livre ses secrets de montage. Sinon vous installerez selon vos idées et tôt ou tard le paierez de votre vie.

Lorsque l’équipement est prêt à monter, on tape les pinces. Si un groupe frappe “à la volée à cinq”, attention aux éclats d’acier qui partent en sifflant se ficher dans un tronc à vingt pas, ou dans la chair de l’homme qui ne surveillait pas.

On lève les grands mâts l’un après l’autre, à l’aide d’un puissant palan à six réas. On fixe le tendeur, solide appareil à chaîne ou énorme tendeur à lanterne (ce dernier ne doit pas être employé pour une grande installation si le filet de la vis est de section triangulaire car il s'use et ripe ; il doit être de section carrée afin de ne jamais céder, c'est le type de tendeur employé pour l'attelage des wagons de chemin de fer).

La courbure du fil change à mesure que celui-ci gagne de la hauteur, elle dessine bientôt une droite qui semble rigoureuse, on accroche alors les "cavalettis" aux moufles et l'on donne au tendeur le tour final pour "tendre à mort" juste avant le travail.

Pour donner à ses figures sur le fil l'aspect de la perfection, pour exécuter des équilibres extrêmement fragiles, il ne faut pas que le câble roule sur lui-même, ondule ou se balance entre les mâts. A cette fin on fixe sur la marche, à intervalle souhaité, une mince plaque de métal cintrée qui épousera la circonférence du fil, et l'on attache à chacune des pattes du cavalier ainsi formé une longueur de chanvre de même grosseur que le câble de marche. Ces cordes rejoignent le sol de part et d'autre du fil, suivant la même inclinaison que les obséclungs et doivent être bien tendues. Ce sont les cavalettis. La forme de la plaquette métallique permettra à la roue de bicyclette de passer sans déjanter, le diamètre choisi pour les cordes évitera qu'après une longue glissade accidentelle suspendu par l'aisselle vous ne vous retrouviez à terre à considérer votre bras proprement scié, ce qui est arrivé à un artiste qui avait choisi de haubaner en fin fil d'acier. Les cavalettis sont nécessaires pour les grandes traversées et préférables pour le travail de “haute école” entre les mâts. En plein ciel leur espacement est généralement d’une quinzaine de mètres. Blondin, qui travaillait sur corde, devait en fixer un tous les deux mètres pour les traversées difficiles. Pour un fil de quinze mètres entre mâts, deux cavalettis seront acceptés. Il est évident qu’à des cavalettis trop nombreux ou trop rapprochés on sentira l’amateurisme et la couardise de l’exécutant. Si l’on désire étouffer la moindre secousse sur le câble et être certain que celui-ci ne s’enfonce pas en vibrant lors de chaque passage sur un cavaletti, il faut attacher à l’extrémité de chaque corde un contrepoids – sac de sable ou seau d’eau – la corde traversant une poulie fixée à deux mètres du sol par un chevalet ancré d’une chaîne à une pince.

Le fil respirera ainsi à chacun de vos pas sans fléchir ni tourner.

La longueur d’un câble de marche doit dépasser six mètres, elle est fonction de la hauteur adoptée. Pour des mâts de six mètres, la bonne longueur sera douze mètres cinquante. Plus on allonge le fil d’une installation sans varier sa hauteur, plus l’installation paraîtra basse. Et inversement.

Tout cela ne s’invente pas.

Et les derniers funambules le savent qui préfèrent disparaître avec leur savoir plutôt que de laisser les nouveaux venus cueillir les fruits de leur arbre généalogique. Et puis l’homme de cirque a le mépris de celui qui n’est pas “du voyage” ; comment en serait-il autrement ?

Le funambule transporte à la hâte son balancier au pied des grands mâts et abandonnant d'un sourire le "petit fil" de ses premières traversées auquel il retournera pour l'apprentissage d'un exercice nouveau ou pour se livrer à quelque tourbillonnante cabriole dont il espérera être l'auteur, il pose le pied sur le câble incliné et escalade le ciel où les oiseaux immobiles l'attendent pour faire connaissance.

SEUL SUR SON FIL

Là-haut, durant la longue accoutumance à son nouveau territoire, le funambule se sent seul. Sa silhouette restera longtemps inanimée. Agrippé des deux mains à la passerelle devant ce câble horizontal sur lequel il n'ose poser le pied, on croirait qu'il boit avec paresse le soleil tombant.

Il n'en est rien. Il gagne du temps.

Il mesure l'espace, palpe le vide, pèse les distances, surveille l'état des choses, en fixe la place. Il savoure sa solitude en tremblant : il sera funambule s'il passe, il le sait.

Il veut aligner à la verticale de ses pensées ses doutes et ses craintes pour hisser jusqu'à lui le courage qui lui reste.

Mais cela prend trop de temps.

Le câble gagne du terrain, le ciel devient sombre, c'est maintenant une centaine de mètres qui le séparent de la plate-forme d'en face. Le sol n'est plus au même niveau, il a encore baissé. Des cris viennent des bois. La fin du jour est proche.

Au plus fort de son désespoir le funambule empoigne son balancier et croyant devoir renoncer, pas à pas il progresse, pas à pas il passe.

C'est son premier exploit.

Il demeure là à le comprendre, les yeux posés sur ce plancher tout neuf, tandis que l'obscurité court au ras du sol. Lui, avec la cime des arbres, partage la lumière qui s'attarde plus légère que l'air.

Seul sur son fil, il s'enveloppe d'une allégresse âpre et sauvage par d'insouciantes traversées, sans ordre, dans l'humidité du soir. Il attache son balancier à la passerelle avant de prendre place au sommet du mât au sein d'un morceau d'espace noir et glacé pour recevoir sans angoisse la nuit qui entre.

L'ENTRAÎNEMENT

La surprise dura plusieurs jours.

Il courait chaque matin vers son fil en faisant de grands sauts au-dessus des herbes afin de ne pas s'alourdir de rosée et, distrait par trop de bonheur, se laissait simplement marcher de long en long. Il y en a qui usent de ce va-et-vient pour se croire funambule. Tandis que l'homme de fil véritable n'acceptera pas cette monotonie horizontale : il sait que la ligne sur laquelle il s'engage n'a point de mesure. Au souvenir de sa naissance toute proche, il s'arrête net et se met au travail.

Dans le silence, sans compagnie, il place sur le grand câble tout ce qu'il connaît d'en bas. Il écarte les mouvements que ne supporte pas l'espace et rassemble les autres en une suite qu'il polit, affine, allège et serre davantage contre lui-même.

Chaque jour il ajoute un nouvel élément apprivoisé.

Bientôt il sort sur le fil sans autre but que de surprendre l'idée d'une combinaison de gestes inattendue. Il part en chasse. Ses prises, il les fixe au câble.

Ensuite il se distrait en promenant sur le fil des marches sans importance, des attitudes sans sérieux, des exercices sans avenir, comme l'ours du zoo qui se vautre dans son bassin. Et s'il perd goût au mouvement jusqu'à ne plus savoir, mieux vaut qu'il se repose sur le fil plutôt que de s'arrêter et de descendre. Car avant de mettre pied à terre, une limite doit être atteinte, si minime soit-elle : on met en jeu son titre de funambule pour vaincre, et l'on quitte ainsi son fil sur un éclat, plutôt que par lassitude.

Maintenant que le funambule sait comment la conduire, la séance d'entraînement sera chaque fois plus longue, sa durée plus précieuse, et la journée n'aura de sens qu'elle ne soit en forme de fil.

Alors on lance la musique !

On fait résonner sans discontinuer les marches circassiennes les plus cuivrées, celles-là qui stimulent, on se donne du courage sur des airs tauromachiques espagnols et l'on s'enveloppe de belle ardeur au-dedans des plus riches symphonies.

LE REPOS DU FUNAMBULE

Du temps où les funambules jetaient leur corde entre deux X, il y avait une croisée réservée au repos : c'était un simple lien de chanvre reliant le haut des deux montants à bonne hauteur afin que le danseur puisse s'y appuyer les reins. Elle était recouverte d'un large dossier de tissu aux couleurs de l'artiste et brodée de fils d'or fin. Ainsi, à la pose, l'acrobate laissait son regard descendre se poser sur la corde.

Le funambule à grande hauteur, rêveur comme son nom l'indique, use d'un repos plus juste. Il s'allonge sur son câble et contemple le ciel. Il rassemble ainsi ses forces, il retrouve la sérénité qui a pu le quitter, le courage et la foi. Mais il faut être fatigué : le repos pris comme un exercice est un contre-fil.

Asseyez-vous, posez un pied sur le câble, jambe pliée, puis inclinez-vous jusqu'à ce que la tête touche le fil. Un instant plus tard le pied glisse pour amener la jambe à s'allonger entièrement, l'autre jambe pend seule et se balance. Une main abandonne parfois le balancier, parfois le retrouve. Vous vouliez sentir l'axe du fil. Celui-ci va devenir votre épine dorsale. Chaque seconde râpe comme une pierre à aiguiser. Une douleur interminable s'empare de votre corps pour le réduire muscle après muscle. Si l'on résiste et passe le seuil de l'intenable, alors le supplice s'étendra aux os qui vont se briser un à un traversés par le fil.

Vous serez un squelette en équilibre sur une lame.

Au-delà de cette limite des millions d'enchantements, non sans frayeur, vous attendent. Au-delà encore, une patience sans désir donnera à chacune de vos pensées sa réelle densité.

Alors soyez paresseux jusqu'au délire !

Dos sur le fil, nous sentons la largeur du ciel.

Funambule profondément sera celui qui laissera son piédestal pour rejoindre des câbles plus haut tendus, et ainsi de relais en relais parvenir au Fil de l'Immobilité. Fil des Maîtres du Monde, sur lequel la terre repose comme un tour de prestidigitation, fil qui relie sans relâche le fini à l'infini, ligne droite du plus court chemin d'un astre à l'autre.

Fermez les yeux.

Le câble est limpide. Votre corps est silencieux. L'ensemble, immobile. Seule la jambe oscille. On voudrait la couper pour ne plus former qu'un seul fil humain… mais déjà elle ne vous appartient plus, ni plus rien de vous. Comme le joueur d'échecs, insensible au temps, qui ferme les yeux et voit se dérouler sous ses pas une plaine de cases noires et blanches, vous joignez les paupières pour ne voir qu'un fil magnifiquement gris. Le vent silencieux de votre regard l'habite.

Un silence envahi de lumière.

Pénétrer l'éclat lumineux à la recherche de sa source. S'enfoncer pour rejoindre où rien ne respire, le noir qui s'y cache. Poursuivre et atteindre de l'autre côté de la lumière une clarté éblouissante, une splendeur bruyante, humide, tourbillonnante, souvent sans couleur. On verra se former comme à travers un miroir noir un fil luisant et intouché. C'est l'image de ce qu'on cherche. Brouillée aussitôt par les feux d'artifice de nouvelles impressions.

Dès qu'il tient cette image, le funambule peut vivre d'espace. Des heures durant, des morceaux de jours, avec l'espoir d'un arrêt du temps que personne ne remarquerait.

On doit se lancer dans cette quête insensée du repos sans l'espérance d'un résultat.

Voici le funambule allongé sur sa gigantesque antenne, à l'écoute du monde. Il sent monter à lui la rumeur de quelque ville, il distingue les mille appels dont est rempli le silence de la campagne, il sursaute au sifflement des étoiles filantes.

Tout cela l'endort.

Une respiration profonde l'envahit.

A chaque inspiration il entend les bruits, à chaque expiration n'entend plus rien, alors survient un oubli de tout pendant plusieurs coups du cœur ; le dormeur s'écoute ronfler, mais entre ses soupirs quel silence !

Sous lui, rien. Ni chiens, ni gens. La nature se repose également, afin que le funambule en équilibre sur son diapason gigantesque puisse trouver le sommeil.

Au réveil vous êtes celui qui vient de perdre son temps sur une ligne. Vous êtes seul et le plus haut des regards s'ennuie…

Ah non ! Jamais de tristesse sur un fil !

Et d'un mouvement d'épaule j'équilibre mes pensées et pars en chantant.

LA MARCHE À LA MORT LES YEUX BANDÉS

Vous ne savez pas ce qui vous attend.

Un câble incliné à vingt-cinq, trente degrés. Depuis le sol jusqu'à la tête de ce mât, de ce clocher, de cette falaise… Longueur : trois cents, quatre cents, cinq cents mètres. Haubané de place en place par quelques longueurs de chanvre. Se balançant à la face d'un soleil qui fait la sieste.

Malgré tout le soin consacré à son montage, le fil ne dessinera jamais une ligne ascendante régulière. Il descendra dans l'espace, épousera l'horizontale à faible altitude, lèvera doucement la tête, dressera le nez de plus en plus méchamment, pour imiter dans les dernières encâblures une venimeuse verticale.

Lorsque la marche à la mort s'effectue les yeux bandés, on annonce qu'il s'agit d'une tentative.

Vous devrez la gravir pas à pas, les yeux plaqués contre l'étoffe noire, le visage enfoui dans le sac étouffant. Vous douterez, sourd-muet-aveugle, d'atteindre l'extrémité de ce fil.

Le soleil qui tape depuis son réveil a fait sortir la graisse qui enrobait l'âme du câble. Dès les premiers pas l'installation entière se mettra en mouvement.

Chaque cavaletti tirera de son côté ce qui amplifiera les oscillations de ce fil qui maintenant cherche à vous désarçonner. Sans jamais pouvoir se fier au terrain qu'ils découvrent, vos pieds fouleront sans crier gare l'endroit huileux où vous ne progresserez que par millimètres, accroché de votre poigne au corps du balancier. Celui-ci que vous aurez choisi long et lourd, pèsera davantage sur vos bras à mesure de l'avancée. Vous serez au bout de vos forces quand s'annoncera l'inclinaison si rude des dernières enjambées, où le vent se tient en embuscade. Vous vous croirez au milieu du fil, alors vous vous agenouillerez pour un irréprochable salut du funambule qui sera ridicule car vous ne vous trouvez qu'à dix mètres du départ. Vous allongerez le pas avec la pensée d'abandonner derrière vous la moitié de la traversée et vous vous assommerez contre le mât d'arrivée ou la pierre de l'édifice, car la marche est terminée. Alors vous arracherez d'un geste superbe bandeau et cagoule en manquant de vous perdre dans le dernier pas car votre éblouissement sera total.

La première ascension demeure la plus vivante sensation de votre existence funambulesque. Vous penserez : mon ombre a été fidèle, elle m'a mené jusqu'ici, et si d'aventure le courage me manque, je jetterai pêle-mêle sur mon fil le cadavre de mes souvenirs afin d'être au cœur d'un ouragan pour mieux escalader le redoutable.

LES FAUX-SEMBLANTS

Je connais un homme qui se vend cœur et peau, corps et âme, au plus offrant.

Il utilise un bandeau troué, un immense balancier qui pend de part et d'autre d'un câble trop haubané qu'il n'a pas installé lui-même. Il présente ses exercices au-dessus d'un filet. Il a appris à marcher sur le câble “à la rallonge”, c'est-à-dire qu'un fil parallèle au sien courait au-dessus de lui, une main lancée par-dessus la tête suffisait pour s'y raccrocher.

Au-dessus des pistes où il se donne aujourd'hui le titre de funambule, il travaille avec une longe, ce câble presque invisible, fixé à une ceinture de sécurité cousue à son costume, monte vers la coupole pour redescendre dans la main de l'assistant au sol qui veille à remettre en équilibre d'un coup sec et discret la marionnette dont il est responsable. Ainsi l'acrobate présente, sans pour autant les réussir, des tours qu'aucun funambule ne tenterait. Je l'ai vu se lancer par trois fois dans un saut périlleux de gymnaste, en arrière, sur fil incliné : l'impossible. Trois fois il manqua sa rattrape. A trois reprises j'observai son déséquilibre, imperceptible pour la foule, et sa remise immédiate sur le fil par la longe. Le reste de la démonstration était ponctué de cris, de pertes d'équilibre volontaires, de chutes perpétrées. Il savait tirer de l'exercice le plus limpide d'interminables difficultés qu'il mimait, grotesque. Avant chaque passage sur le fil, il prenait bien soin de frotter ses semelles à la poudre de résine. Il ne marchait donc pas les pieds posés, mais les pieds collés. Ayant eu l'occasion d'essayer son fil, je ne pus y faire un pas : butant mes pieds contre une matière rêche et adhérente, moi qui ai l'habitude d'utiliser de vieux chaussons glissants afin de rendre mes marches plus souples et liées.

Le terrain du funambule se limite par la mort. Non par des accessoires. Quand un funambule inspire la pitié, il mérite dix fois la mort.

Chacun pourra utiliser comme il l'entend le filet, la rallonge, le bandeau troué, le balancier de carnaval, la résine, les cavalettis qui se touchent et la longe ; pour leur rendre la vie plus douce, je leur propose même de se passer autour du cou une lanière retenant, au niveau de l'estomac, un crochet sur lequel reposera le balancier, je leur conseille de s'entraîner à chuter. Ainsi au royaume de l'absurde ils deviendront les maîtres de ces artifices.

Le vrai funambule ne les pratique pas.

Mais j'en connais un autre.

Il fait souvent irruption de nuit sur le fil de mes rêves.

Il est immense avec sa cape rouge et noire qu'il jette sur la foule d'un rire gigantesque après sa première traversée. Tantôt majestueux, il présente les exercices les plus simples, ceux-là que tous dédaignent. Mais il les interprète avec finesse, avec ruse, avec tant d'habileté, que tout nous semble merveille. Tantôt clown, il se démène, se trompe de pas, s'emmêle les pieds, s'arrête net dans une pose comique. Tantôt sauvage, il se jette dans des tours fous sans même tenter de les réussir. Il s'élance sur le fil, tombe, se rattrape, se cogne et crie, écume et rebondit.

Il est seul comme une flamme et la musique de son sang fait taire en lui tous nos bravos. Mais il vient d'entendre ce que les premiers rangs se chuchotent :

"Rien n'est d'un péril si gracieux !"

"S'il ne vole pas c'est par coquetterie !"

Assassins !

Alors il essuie sa sueur d'un revers de bras et crache dans l'arène.

Le respect du public !

Avec panache, outrance, il répond son mépris, faisant semblant de tomber à chaque pas, il laisse à terre de nombreux spectateurs sans connaissance ; puis il regagne sa plate-forme avec la grâce classique qu'il a quand il lui plaît.

En riant je me lève pour l'applaudir.

A lui je permets tout. J'admets tout de lui.

Et s'il venait à vouloir travailler avec filet, eh bien je l'approuverais.

Un bricoleur qui utilise le fil inventa même un contrepoids pour funambule !

Il s'agit simplement du trapèze-stabilisateur de la moto, adapté à l'être humain.

Quelques poulies sur le câble retiennent un paquet de briques qui se balance sous les pas du marcheur, celui-ci ayant la possibilité de reposer son balancier discrètement sur la barre en forme de T qui progresse devant lui. L'attelage est relié à l'autre rive par un fin câble d'acier que tire un treuil actionné avec précaution par un mécanicien. Pas de cavalettis ! Le fil ainsi allégé de plusieurs tonnes peut être choisi de faible diamètre, réduisant de moitié le temps de montage et les difficultés d'installation. Les menaces du vent seront moins redoutées, les grands balans ne prendront pas naissance et surtout les distances ne compteront plus. Notre héros s'est donc taillé de belles pages dans les livres de records. A ceux qui le veulent de les croire méritées.

Et puis je m'en voudrais de ne pas saluer au passage les pilleurs de noms !

A la suite de ma traversée entre les tours de New York, un jeune funambule adopta pour nom d'artiste exactement mon nom de famille : Philippe Petit. Je l'appris alors qu'il s'était fait engager pour animer la coupole d'un grand magasin parisien.

Le temps a transformé mon désir de meurtre en un sourire de pitié.

Quelle aurait été la réaction du Chevalier Blondin, Héros du Niagara, à la rencontre de ses usurpateurs : Arsens Blondin, Héros de la Seine, Le Petit Blondin, La Blondin Féminine, Le Blondin Australien, et les innombrables Blondinis ?

La sagesse voudrait que l'on se sente honoré.

LE SPECTACLE

Au fil des jours je rencontrais les mêmes pas, les mêmes figures.

Mon travail devenait sérieux.

Je débutais par quelques traversées “de confiance”. J’avais hâte d’arriver à ce que j’aime poser sur le câble : des marches ralenties, des assemblages fragiles d’aspect simple.

C’est dans un pré, à la fin d’une forte journée d’entraînement, que je trouvai mon premier spectateur, attiré sans doute par mon silence.

Avant de mettre pied à terre, je m’accordais une de ces traversées où le pied traîne, songeant à tout ce qu’il pourrait entreprendre.

Derrière moi la haute haie s’ouvre d’un coup. Une gigantesque tête de vache vient se poser sans bruit sur un plateau de ronces, le mufle tranquille, l’œil bienveillant. Honteux de m’être fait surprendre, je recule doucement jusqu’à la plate-forme pour repartir droit et tendu jusqu’au milieu du câble où j’exécute un demi-tour académique avant d’offrir à mon visiteur l’agenouillement parfait.

Je continue par le plus fort, le plus beau de ce que je sais. Je montre la suite naturelle venue de mes séances d'entraînement, j'ajoute ce qu'un homme de fil croit posséder : l'ampleur du mouvement, la tenue du regard, la sensation d'être victorieux, l'humour du geste. Je descends du fil, ruisselant, n'ayant pas le souvenir d'avoir une seule fois pris ma respiration, tandis que l'énorme animal se détourne en mâchonnant et regagne sa pâture.

Depuis, j'ai beaucoup ajouté à cette improvisation, j'ai beaucoup retranché. A grand-peine j'ai chassé le superflu. A grand regret je n'ai retenu qu'un salut sur les dix que je pratiquais. Je me suis vêtu de blanc. J'ai fait jouer des musiques multicolores dénichées dans les malles de cirque à l'ancienne, j'ai inspiré des compositeurs, j'ai invité sous le fil des chanteurs d'opéra, des pianistes de concert. Mon numéro dure douze minutes alors que j'ai des siècles de fil dans ma tête.

Mes grandes traversées sont devenues pièces de théâtre.

Quand je me présente au sol pour empoigner l'échelle de chanvre ou bien quand je traverse la place pour prendre pied sur la marche à la mort que je gravirai sans balancier, je me sens déjà funambule à renifler d'en dessous tout ce matériel prêt à me servir. Le chef d'orchestre attend le signal. Alors c'est un morceau de mon existence que je donne, que j'abandonne, il dépend. Seuls me resteront en mémoire l'entrée, la prise du balancier, la première traversée, l'instant de doute et le salut final.

Je préfère que le sol soit plat, uniforme, dégagé et propre. Je veille à ce que le public se tienne éloigné.

Le reste ne m'appartient pas.

Il demeure dans les milliers de mains qui vont battre.

Quand je les entends chaque fois, je suis seul à savoir qu'à l'intérieur du spectacle, lorsque je me couche sans balancier, la poitrine dans le ciel des projecteurs, ou le cœur aux vents d'un théâtre de plein air, je me trouve non loin des portes du paradis.

LA RÉPÉTITION

Cessez l'entraînement ordinaire.

Attaquez par des marches jusqu'à ce que la jambe respire, que le pied prenne bien le fil.

Prélevez chaque élément du spectacle dans l'ordre de votre fantaisie, examinez-le avec sévérité. Si sa qualité est réelle répétez-le simplement le nombre de fois nécessaire : vous devez laisser sur le câble un mouvement irréprochable.

Accordez de l'importance au moindre geste. Ne vous attardez pas sur le passage qui semble correct. N'oubliez rien de ce qui compose l'apparition.

Vous êtes prêt pour la répétition.

Descendez, prenez du repos. Changez de costume. Préparez la musique. Acceptez si vous le désirez quelques spectateurs. Puis, comme si l'on venait de vous annoncer, partez brusquement vers le fil d'un pas décidé.

Présentez votre spectacle.

Descendez. C'est tout.

Ne faites pas un tour de plus après cela, ne vous amusez pas.

Répétez votre numéro chaque jour, en fin d'entraînement.

Et rentrez chez vous en regardant le sol, en ne pensant à rien. Surtout.

LA BATAILLE SUR LE FIL

Il faut se ruer sur le câble.

Robledillo a été élevé au rang des plus illustres danseurs de corde à coups de fouet. Son père attachait des grelots à son fil et accourait si la piste devenait silencieuse.

La gloire de souffrir ne m'intéresse pas.

D'ailleurs je ne crois à rien. Il n'y a que l'inutile qui m'enchante.

Les limites, les pièges, les impossibilités me sont indispensables, je pars chaque jour à leur rencontre. Je pense le fouet nécessaire à condition que ce soit l'élève qui le manie, non le maître.

Il faut s'entraîner face au large, sur une côte sauvage, et seul.

Il faut avoir été renversé avec traîtrise par l'air salé de l'océan pour remonter d'un bond de fauve sur le fil, se figer avec rage dans un équilibre de perdition sous les griffes du vent.

Il faut avoir nargué de longues heures la pluie d'un ciel d'orage pour être capable de lancer après chaque éclair les hurlements qui retarderont le tonnerre.

Il faut se battre contre les éléments pour apprendre que tenir sur un fil n'est rien, mais que rester droit et obstiné dans notre folie de vaincre les secrets d'une ligne est pour nous, funambules, la force la plus précieuse.

J'ai balayé la neige du bout du pied, à chaque pas, pour progresser sur un câble gelé. J'ai parcouru sans discontinuer un câble brûlant de soleil, les pieds nus. J'ai travaillé sans cavalettis sur le grand câble. J'ai continué mes passages sur un fil que je détendais chaque fois davantage. J'ai tenté une traversée sur un câble complètement détendu, forcé d'abandonner ma belle assurance. J'ai voulu que l'on secoue l'installation à l'aide de cordes, que l'on frappe le fil à l'aide de longues perches... Je résistai de toute ma frayeur, de toute ma honte pour ne pas me retrouver accroché d'une main sous le fil et tenant le balancier de l'autre.

J'ai chaussé des sabots, des bottes, des chaussures dépareillées. J'ai tenu mon balancier sur le côté comme on porte une valise. Je l'ai alourdi, je l'ai allégé, je l'ai raccourci de moitié, je l'ai excentré au point de me tenir penché. J'ai attendu que l'obscurité me déséquilibre. Je me suis lancé sur des marches à la mort trop raides. J'ai tâté du câble graissé. J'ai joué du fil de fer et du câble de téléphérique. Je me suis forcé à répéter sur des musiques qui me dégoûtaient. Nu, en secret, je suivais l'entraînement pour comprendre le travail des muscles et me sentir ridicule. Ivre d'alcool, je me prouvais qu'un corps qui sait n'a pas besoin de conducteur...

A chaque expérience, plus acharné. Si je tombais, c'était en silence. Je n'attendais pas que ma blessure à l'épaule se referme pour continuer mes séries de caboulots, jusqu'au bord de l'abandon.

Je n'étais pas furibond, mais occupé à vaincre.

On ne tourne pas le saut périlleux, le vrai, sur un câble à grande hauteur, que ce soit en avant ou en arrière. On ne se tient pas les yeux bandés sans balancier, ou les yeux ouverts tête levée vers le ciel. L'équilibre de tête ne se fait pas sur le grand câble sans balancier.

Impossible ?

Qui serait assez sage pour le prouver ?

Je dis autour de moi que je tenterai la traversée des chutes américaines et canadiennes du Niagara à l'endroit où l'eau tombe et non au-dessus des rapides que tous ont traversés. Mais une fois devant ce kilomètre et demi de câble inconnu, face à ce vent qui ne cesse pas, ce nuage de vapeur d'eau à percer de part en part, au-dessus des tourbillons de la cataracte, à l'écoute de ce bruit infernal, oserai-je ? Oserai-je être plus dur que le soleil, plus glacial que les neiges, oserai-je m'introduire sans connaître l'issue dans ces pages funambulesques qu'il m'était facile d'écrire ?

Homme de l'air, enlumine de ton sang les très riches heures de ton passage parmi nous. Les limites n'existent que dans l'âme de ceux qui sont dépourvus de songes.

LE VENT

Si cet homme au bout de la digue se tient depuis si longtemps sans mouvement, c'est qu'il surveille, parmi l'agitation hurlante au-dessus de lui, les oiseaux des mers qui tentent le survol de la passe pour leur seule ivresse.

Le port est désert. L'ouragan proche.

La masse de vent liquide engouffrée entre les deux tours transporte tout sur son parcours.

Les oiseaux qui traversent d'une muraille à l'autre sont parfois assaillis par la bourrasque qui leur ferme les ailes d'un bruit sec et les projette contre le roc où ils demeurent écrasés jusqu'à ce qu'une lame plus noire, plus haute, vienne les décoller pour les engloutir.

Les sternes, les mouettes, les goélands, excellents voiliers à la voix si puissante qu'ils s'entendent même sous la tempête, ont pris refuge très haut dans le ciel vert et se tiennent silencieux.

Pourquoi y en a-t-il qui piquent de temps à autre vers les eaux fumantes de la mer qui dressent maintenant de furieuses colonnes ?

Pourquoi frôlent-ils en clamant les puissants mélanges de vent, de poussière, d'écume qu'ils savent mortels ?

Qui pousse cet animal aux yeux cruels à se mesurer avec l'ouragan ?

En voici un qui a réussi à moitié sur le dos le passage interdit. La tornade le poursuit et l'abat d'une volée de grêle.

Un seul a triomphé. La tourmente lui a volé quelques plumes mais il regagne ses compagnons qui vont en faire leur chef ; ils crieront sa victoire jusque dans la nuit.

Mais lui, funambule des vagues, connaît le miracle dont il a été l'objet. Il se rappelle cet instant avec effroi, car c'est lui demain que l'on découvrira raidi sous la morsure des remparts.

Sa poussière nourrit le vent qui peu à peu l'effaça.

Rien ni personne n'est plus fort que le vent.

Ni l'oiseau courageux.

Le coup de vent rend périlleuse la traversée à bicyclette ainsi qu'à monocycle. On doit s'emparer alors de son plus grand balancier.

Quant au travail sans balancier par temps de grand vent, c'est une descente aux enfers que de le pratiquer.

LA CHUTE

La chute sur le câble, l'accident là-haut, l'exercice manqué, le faux pas, tout cela provient d'un manque de concentration, d'un pied mal posé, d'une trop exubérante confiance en soi.

Vous ne devez pas vous le pardonner. Le funambule est spectateur de sa propre chute. Les yeux grands ouverts, il tournoie autour du fil pour se retrouver arrêté par un bras ou suspendu par les jambes. Sans jamais lâcher son balancier, il doit profiter de l'élan pour se relever et reprendre aussitôt, avec plus de flamme, le mouvement interrompu.

Le plus souvent les applaudissements jaillissent, personne ne comprend.

La faute est de partir sans espoir, de se lancer sans fierté dans la figure que l'on est certain de manquer.

Chaque pensée sur le fil est une chute à venir.

Les accidents dus à l'équipement ne doivent pas se produire.

Nombreux sont les funambules qui trouvent la mort ainsi. Cela est stupide.

Mais parfois le câble se dérobe : vous êtes devenu hors la loi, hors la loi de l'équilibre. La chance réside alors dans la force de votre instinct. Il en est qui se laisseront déporter sans combattre. Qu'ils tombent ! D'autres continueront bien en deçà du fil à tournoyer bras et jambes, à supplier du regard la mire de ne pas s'éloigner. Ils s'accrocheront d'une main avide à un câble de dernier instant. Vous est-il arrivé d'accomplir un saut d'espoir vers une corde tendue au loin, de saisir un cavaletti en plein vol ?

J'ai attendu ma première "cascade" publique. Elle m'a fortifié, elle m'a inondé d'un orgueil joyeux, comme une claque sur l'épaule qui encourage plus qu'elle ne fait mal.

Le seconde glissade me fit réfléchir ; je me retrouvai sous le fil à la suite d'un mouvement dont la maîtrise m'était familière.

Le troisième incident fut terrifiant : je faillis tomber.

Malgré cela, je poursuis dans mes rêves – moi qui ai tout à perdre – de légendaires évasions aériennes qui me rendraient enfin justice. Pourquoi ? Quant à celui qui tremble pour sa vie, ne lui arrivera-t-il pas plus soudainement que les autres de la perdre ? L'étude de ton câble, la connaissance de tes limites, n'est-ce pas ce qui transforme le risque obscène en un danger qui t'ennoblit, te protège ?

Exigeras-tu que ta destinée soit de t'éteindre sur ton fil ?

Je possède la sagesse de ceux qui une fois sont tombés ; lorsqu'on m'apprend qu'un funambule s'est écrasé au sol, je réponds :

"Il a ce qu'il mérite."

LES GRANDES TRAVERSÉES

Cela fait cinq jours que le funambule campe au sommet de la montagne.

C'est décidé, aujourd'hui il fixe les emplacements. Les aigles qui caressent en cercle l'air tiède du précipice distinguent un petit personnage sur la crête, qui tend le bras pour désigner un point de la montagne d'en face.

L'énorme rouleau de câble a pris la route. On annonce que le convoi exceptionnel aborde les premiers lacets. Il sera là demain.

Mille mètres de marche d'un vingt-cinq millimètres dégraissé, découvert par miracle. C'est l'objet le plus superbe que j'aie jamais touché. Il pèse trois tonnes. Je suis heureux.

D'un côté j'entoure un surplomb rocheux solide comme un moulin, de l'autre, je dois faire couler une épaisse et profonde colonne de béton autour de laquelle s'enroulera le câble pour aller s'accrocher en sécurité à trois gros arbres en ligne derrière.

Le rouleau est arrimé.

Une équipe de vingt hommes tire le fil en scandant l'effort.

Très lentement, le câble descend à flanc de montagne, franchit la route et passe au-dessus des lignes télégraphiques. Il faudra lui faire traverser le lac par un moyen de funambule car aucune embarcation à moteur ne sera assez puissante pour le tirer d'une rive à l'autre. Si le câble touche le fond vous savez que vous devrez renoncer à votre traversée car il se coincera entre les pierres, et les algues le retiendront si parfaitement que la traction mécanique la plus puissante ou le travail du plus habile plongeur ne parviendra pas à le déloger. C'est cruel pour un câble d'ascensionniste de finir noyé. Enfin il s'enfoncera dans la forêt où chaque arbre est un obstacle, puis il gravira mètre par mètre, minute après minute, la dénivellation qui le sépare de son point d'attache.

Alors tout est prêt.

On fixe le câble à chaque sommet. Cela prend une journée. Il court sur le sol de la vallée, s'enfonce par son poids à travers les feuilles mortes et dessine une frontière à peine visible qui devient inquiétante aux abords du lac où l'on voit ce serpent noir plonger dans les eaux sans se douter qu'il ressort en face entre les herbes pour continuer à imposer à ce coin de nature l'empreinte désagréable de sa peau de métal. Comme un immense piège prêt à fonctionner.

On commence à tendre à l'aide du plus gros tendeur de la terre ou de quelques maigres moufles habilement disposées et l'on verra une longue ligne grise se détacher du sol, s'élever en se balançant puis s'arrêter net. Une minuscule branche quelque part l'empêche de monter davantage. Quand vous aurez abaissé d'un geste le rameau qui faisait obstacle, le câble se tendra d'un coup pour prendre sa place cinq mètres plus haut. Tout se passera normalement jusqu'au prochain obstacle. Si vous devez traverser une forêt de sapins, vous pouvez compter dix jours d'installation supplémentaires. Il vous faudra plier chaque branche de chaque arbre à mesure que le fil s'y coince.

Ensuite le câble est au-dessus de la vallée et s'élève par à-coups.

Il faut enfin charger le trapèze de la moto avec les mille kilos des cavalettis et aller les poser à cheval, un par un, tandis que le fil se balance sur dix mètres.

"Tendez à mort", l'oreille aux aguets, puis recueillez-vous.

Le jour de la traversée vous remettrez à chaque volontaire la corde qu'il devra tendre de toutes ses forces lorsque vous arriverez au-dessus de lui et ne relâcher que lorsque vous aurez atteint le cavaletti suivant.

De toute façon le câble bougera tellement que vous verrez venir de loin l'ondulation qu'il faut attendre de pied ferme, en garde, avant de reprendre la marche.

Le soleil a fait ressortir la graisse du câble.

Le vent attendra votre départ pour se lever.

Pour l'arrivée, vous devrez vous déchausser et tenter de rejoindre la terre en serrant le fil entre le pouce et l'index, à chaque pas.

Mais vous serez insensible à tout ce qui se passe.
Vous serez entièrement à votre traversée.

Il fallait pour s'y aventurer être totalement funambule.

Une fois parti vous êtes en train de devenir l'homme de fil, le Magicien de Haut Vol, qui de son chemin vénère la longueur.

Si vous réussissez n'en tirez pas gloire, vous êtes déjà l'égal des dieux.

Quand vous serez au-dessus du lac ne regardez pas la nappe des eaux, le mouvement de l'onde fait radicalement perdre l'équilibre.

LA PERFECTION

Attention ! Vous possédez le fil, c'est vrai. Mais l'essentiel est d'inscrire dans l'altitude des mouvements si immobiles qu'ils ne laissent trace. L'essentiel est dans le simple.

C'est pourquoi le long chemin vers la perfection est horizontal.

En voici les principes :

Au-dessus des parterres vous devrez passer, seulement passer, on vous oubliera.

Si vous désirez que la corde funambulesque vous transporte à l'état de funambule vous devrez retrouver la pureté classique de ce jeu après en avoir maîtrisé sa technique, tant pis pour celui qui s'en ferait un devoir.

Vous ne devez pas hésiter, non plus avoir conscience du sol ce qui est une paralysie de l'âme et dangereux.

Les pieds se placent dans le sens du fil, le regard se pose à l'horizon. L'horizon n'est pas un point, c'est un continent.

Dans la marche, c'est le fil qui vous pousse, vous lui présentez votre balancier horizontal, les bras large écartés.

Ainsi qu'un oiseau, l'homme se pose "sur" le fil ; il ne s'y tient pas tendu vers l'avant prêt au déséquilibre, au contraire il doit s'y trouver bien.

Apprenez votre corps : le mouvement des bras, la respiration des doigts de la main, la tension des pointes de pied, la position du menton, le poids des coudes. Ne laissez rien au hasard, c'est un voleur insaisissable.

Eliminez les exercices qui encombrent, gardez ceux qui transfigurent. Cherchez pour triompher les plus subtiles difficultés, parvenez à la victoire à travers la solitude.

Le funambule doit se reposer comme je l'ai dit, et se battre pareillement.

Ne jamais rompre le rythme d'une traversée, le câble se mettrait à trembler. A ce propos, l'état de funambule n'est pas de respirer au rythme de sa corde, mais plutôt que cette respiration de concert n'entrave nullement le souffle de l'un ni la palpitation de l'autre.

Composez votre symbole de perfection. Pour moi c'est le jet du balancier.

D'un geste long à n'en plus finir, le funambule jette loin à travers le ciel sa perche de métal, afin que celle-ci ne rencontre pas le câble, et se retrouve unique et désemparé, plus riche et plus nu sur un câble à sa mesure. Alors avec humilité il se sait invincible.

A l'intérieur de ses songes, se déroulera un fil de velours rouge sur lequel il avancera en brandissant ses armoiries : l'aigle au regard fou enserrant un éclair de longue portée couleur de mercure.

Au sein des villes que vous traversez ne manquez pas de rendre visite au monument culminant. Demeurez à son faîte, interminablement, à considérer le vide.

Vous êtes funambule, vous ne devez pas rester longtemps sans prendre de la hauteur.

Enfin ne manquez pas d'assister à un spectacle de funambules. Du plus mauvais, il y a leçon à tirer.

LA PEUR

Un pareil vide terrifie.

Prisonnier d'un morceau d'espace, vous combattrez éperdument d'occultes éléments : l'absence de matière, l'odeur d'équilibre, le vertige aux directions multiples et l'envie noire de regagner le sol, serait-ce en vous y écrasant.

Ce vertige est le drame de la danse de corde, mais de cela je n'ai pas peur.

A la suite de longues heures d'entraînement, survient l'instant où la difficulté n'existe plus. Tout est possible, tout semble léger. A cet instant beaucoup ont péri. Mais de cela, ah ! je n'ai pas la moindre peur.

Si chaque jour, peu à peu, un exercice me résiste jusqu'à devenir intenable, je dois prévoir dans mon spectacle un mouvement de remplacement. Au cas où la panique soudain m'étranglerait. J'aborde l'exercice chaque fois avec plus de crainte, subrepticement. Je veux le tenir, sentir la victoire. Malgré cela j'abandonne le champ de bataille. Mais sans la moindre peur.

Je n'ai jamais peur sur le fil, je suis trop occupé.

Vous craignez quelque chose. Je le sens à vous entendre. De quoi avez-vous peur ?

Parfois autour du fil, le ciel noircit, le vent monte, le câble se refroidit, le public devient soucieux. J'entends des hurlements à l'intérieur de moi. Le fil cesse de respirer. Moi de même. C'est le prélude à la catastrophe, aussi certainement que le roulement de tambour annonce le tour de force. Dans cette attente de la chute j'en arrive à maudire le fil, mais je n'ai toujours pas peur.

Seulement je sais que demain c'est au bord de la plate-forme que cette angoisse apparaîtra.

Un affreux jour, elle sera au pied de l'échelle de corde, à m'attendre. J'aurai beau me secouer, plaisanter, le lendemain elle se tiendra dans ma loge tandis que je revêtirai mon costume avec des mains humides d'épouvante. Ensuite c'est dans mon sommeil qu'elle me rejoindra. Je m'écraserai mille fois en rebondissant au ralenti sur la piste d'un cirque à l'état d'apesanteur.

Au réveil elle sera sur moi, collante, indélébile, pour ne plus me quitter.

Et de cela, ciel, j'ai une peur fiévreuse.

D'imaginer qu'il me faille un soir abandonner le fil comme tant de toreros ont fui le sable de l'arène et se cachent par-dessous la vie ; de devoir répondre : "J'ai eu peur. J'ai rencontré la Sainte Peur. Elle m'envahit et suce mon sang", moi qui espérais le cadeau le plus cher aux funambules – une fin sur le fil – laissant aux hommes l'injure d'un masque mortuaire souriant, moi qui lançais aux autres sur leur corde : "Sache que la vie est courte. Qu'y a-t-il de plus brave qu'un homme heureux en plein vol ? De trop de fêtes tu n'as su profiter", moi le fragile filambule, minuscule et tremblant, moi je me détournerai pour ne pas montrer mes larmes, et comme j'ai peur.

Vary, décembre 1972
New York, juin 1982
Shokan, novembre 1996

PETITE BIBLIOTHÈQUE FUNAMBULESQUE

Le Grand Livre des nœuds de Clifford W. Ashley. New York, Doubleday & Co., 1944 (Paris, Gallimard, 1987).

The Morrow Guide to Knots de Mario Bignon et Guido Regazzoni. New York, Quill, 1982.

Splicing Wire and Fiber Rope de Raoul Graumont et John Hensel. Cambridge, Maryland, Cornell Maritime Press, 1955.

Sampson Rope Manuel, Boston, Massachusetts, Samson Ocean Systems Inc., 1977.

The Rigger's Apprentice de Brion Toss. International Marine Publishing Company, Camden, Maine, 1984.

Il Libro a colori dei nodi de Floris Hin, Théo Kampa et Jaap Hille. Milan, Mursia, 1987.

L'Album des nœuds de D. E. Dickie. Toronto, Construction Safety Association of Ontario, 1975.

Rigging Manual de D. E. Dickie. Toronto, Construction Safety Association of Ontario, 1975.

The Handbook of Rigging de W. E. Rossnagel. New York, McGraw Hill, 1964.

Tensile Structures, vol. I & II, de Frei Otto. Cambridge, Massachusetts, Massachusetts Institute of Technology, 1969.

Bridges and Man de Joseph Gies. New York, Grosset's Universal Library, 1963.

Engineering in the Ancient World de J. G. Landels. Berkeley and Los Angeles, University of California Press, 1978.

Petite Logique des forces de Paul Sandori. Paris, Editions du Seuil, 1983.

On Rope de Allen Padgett & Bruce Smith. Huntsville, Alabama, National Speleological Society, 1988.

Le Souffle d'Eole de Lyall Watson. Paris, Londreys, 1986.

Instant Wind Forecasting de Alan Watts. New York, Dodd Mead and Company, 1975.

Pocket Weather Forecast, Woodbury, New York, Barron's, 1974.

Master Tree Finder de May T. Watts. Berkeley, California, Nature Study Guild, 1963.

Réflexions sur la cause générale des vents de Jean Le Rond d'Alembert. Paris, David, 1747.

Mémoire d'une danseuse de corde – Madame Saqui de Paul Ginisty. Paris, Eugène Fasquelle, 1907.

Le Funambule de Jean Genet. Lyon, L'Arbalète, 1958.

Sur le chemin des glaces de Werner Herzog. Paris, POL, 1988.

Le Baron perché de Italo Calvino. Paris, Editions du Seuil, 1960.

Le vieux qui lisait des romans d'amour de Luis Sepúlveda. Paris, Métailié, 1992.

Traité des cinq roues de Miyamoto Musashi. Paris, Albin Michel, 1991.

L'Art de la faim de Paul Auster. Traduction de Christine Le Bœuf. Actes Sud, Arles, 1992.

Alain Cuny – le désir de parole, conversations et rencontres avec Alfred Simon de Alain Cuny. Paris, La Manufacture, 1989.

Le Théâtre et son double de Antonin Artaud. Paris, Gallimard, 1964.

Building a Character de Constantin Stanislavski. New York, Theatre Arts Books, 1977.

Paroles sur le mime de Etienne Decroux. Paris, Gallimard, 1963.

Nouvelle Histoire mondiale de l'aviation de Edmond Petit. Paris, Albin Michel, 1996.

The Tightrope Walker de Hermine Demoriane. Londres, Secker & Warburg, 1989.

The Circus of Dr Lao de Charles Finney. New York, Vintage/Random House, 1983.

Le Petit Cirque de Fred. Paris, Dargaud, 1973.

Leonardo Da Vinci on the Human Body, New York, Dover Publications, 1983.

Traité de podologie du Dr Boris J. Dolto. Paris, Malione SA Editeur, 1982.

La Barre fixe de Paul Massino & Georges Chautemps. Paris, Vigot Frères, 1961.

Tao of Jeet Kune Do de Bruce Lee. Burbank, California, Ohara Publications Inc., 1975.

La Merveilleuse Histoire du cirque de Henry Thétard. Paris, Julliard, 1978.

Tsirk de Schnier & Slavsky. Moscou, Izdatielsvo Sovietskaia Encyclopedia, 1973.

A History of the Circus de George Speaight. Londres, Barnes, 1980.

Circus History de Iwao Akuna. Tôkyô, Nishida Shoten, 1977.

Menschen Zwischen Himmel und Erde de Gisela et Dietmar Winkler. Berlin, Henschelverlag Kunst & Gesellschaft, 1988.

Le Grand Livre du cirque, vol. I & II de Monica J. Renevey. Genève, Edito Service SA, 1977.

Histoire et légende du cirque de Roland Auguet. Paris, Flammarion, 1974.

TABLE

BABEL

Extrait du catalogue

1256. MARIA ERNESTAM
Toujours avec toi

1257. JEAN-YVES LOUDE
Lisbonne, dans la ville noire

1258. PRALINE GAY-PARA
Contes très merveilleux

1259. MATHIAS ÉNARD
Rue des Voleurs

1260. LAURENT GAUDÉ
Pour seul cortège

1261. WAJDI MOUAWAD
Anima

1262. ÉRIC VUILLARD
Congo

1263. CÉLINE CURIOL
L'Ardeur des pierres

1264. ANNE PERCIN
Le Premier Été

1265. LAURENCE VILAINE
Le silence ne sera qu'un souvenir

1266. CÉCILE LADJALI
Louis et la Jeune Fille

1267. PHILIPPE DE LA GENARDIÈRE
Le Roman de la communauté

1268. YÔKO OGAWA
Les Tendres Plaintes

1269. HANAN EL-CHEIKH
Toute une histoire

1270. HERBJØRG WASSMO
Un verre de lait, s'il vous plaît

1271. JAUME CABRÉ
L'Ombre de l'eunuque

1272. JEAN-CLAUDE GRUMBERG
45 ça va

1273. ANDRÉ BRINK
Mes bifurcations

1274. PAUL AUSTER
Chronique d'hiver

1275. JÉRÔME FERRARI
Variétés de la mort

1276. ALICE FERNEY
Cherchez la femme

1277. CLAUDIE GALLAY
Une part de ciel

1278. FLEMMING JENSEN
Le Blues du braqueur de banque

1279. DAVID VAN REYBROUCK
Congo. Une histoire

1280. ANNE MARTIN-FUGIER
Galeristes

1281. ANTON TCHEKHOV
Platonov

1282. AHMED KALOUAZ
À l'ombre du jasmin

1283. HUGH HOWEY
Silo

1284. NAGUIB MAHFOUZ
Karnak Café

1285. INTERNATIONALE DE L'IMAGINAIRE N° 29
Alerte : patrimoine immatériel en danger

1286. AKI SHIMAZAKI
Tonbo

1287. LAURENT GAUDÉ
Onysos le furieux

1288. RAPHAËLLE RIOL
Amazones

1289. ANTOINE PIAZZA
Un voyage au Japon

1290. RUSSELL BANKS
La Relation de mon emprisonnement

1291. KAMEL DAOUD
La Préface du nègre

1292. MARC BIANCARELLI
Murtoriu

1293. FERNANDO MARÍAS
Je vais mourir cette nuit

1294. TOMAS ESPEDAL
Marcher

1295. SIRI HUSTVEDT
Vivre, penser, regarder

1296. MARILYNNE ROBINSON
Gilead

1297. MICHEL TREMBLAY
La Traversée du continent

1298. CAROLINE DE MULDER
Ego tango

1299. KAOUTAR HARCHI
L'Ampleur du saccage

1300. VALENTINE GOBY
Kinderzimmer

1301. CAROLE ZALBERG
Chez eux

1302. CATHERINE O'FLYNN
Ce qui était perdu

1303. BILL CLEGG
Portrait d'un fumeur de crack en jeune homme

1304. JEAN-PAUL FITOUSSI
Le Théorème du lampadaire

1305. LES ÉCONOMISTES ATTERRÉS
Changer l'Europe !

1306. MARIE-SABINE ROGER
Bon rétablissement

1307. PIERRE LOTI
Les Désenchantées

1308. ALAIN QUELLA-VILLÉGER
Évadées du harem

1309. CLAUDIA PIÑEIRO
Bétibou

1310. JESPER MALMOSE
Borgen

1311. FRANS DE WAAL
Le Bonobo, Dieu et nous

1312. ROLAND GORI
La Fabrique des imposteurs

1313. JOËL POMMERAT
Pinocchio

1314. MILTON HATOUM
Deux frères

1315. CLAUDIE GALLAY
L'amour est une île

1316. NANCY HUSTON
Danse noire

1317. RAPHAËL JERUSALMY
La Confrérie des chasseurs de livres

1318. PASCAL MORIN
Comment trouver l'amour à cinquante ans quand on est parisienne (et autres questions capitales)

1319. LOLA LAFON
La Petite Communiste qui ne souriait jamais

1320. E. L. DOCTOROW
Homer & Langley

1321. CHI LI
Les Sentinelles des blés

1322. EDWARD KELSEY MOORE
Les Suprêmes

1323. OLIVIER BARDE-CABUÇON
Les Adieux à l'Empire

1324. FRÉDÉRIQUE DEGHELT
Les Brumes de l'apparence

1325. W. R. BURNETT
Terreur apache

1326. PETER HELLER
La Constellation du Chien

1327. JAMES S. A. COREY
L'Éveil du Léviathan

1328. JEANNE BENAMEUR
Pas assez pour faire une femme

1329. SYLVAIN PATTIEU
Des impatientes

1330. ÉRIC VUILLARD
Conquistadors

1331. MATHIEU LARNAUDIE
Strangulation

1332. LOÏC MERLE
L'Esprit de l'ivresse

1333. CLARO
Tous les diamants du ciel

1334. ANNE-MARIE GARAT
Amours de loin

1335. NATHALIE DÉMOULIN
La Grande Bleue

1336. OLIVER ROHE
Ma dernière création est un piège à taupes

1337. DAVID GILBERT
Les Normaux

1338. JAVIER CERCAS
Les Lois de la frontière

1339. JAN GUILLOU
Les Dandys de Manningham

1340. YÔKO OGAWA
Le Petit Joueur d'échecs

1341. JEAN CLAUDE AMEISEN
Sur les épaules de Darwin. Je t'offrirai des spectacles admirables

1342. THOMAS PIKETTY
Chroniques 2004-2012

1343. PIERRE RABHI
Éloge du génie créateur de la société civile

1344. ALAA EL ASWANY
Automobile Club d'Égypte

1345. LÁSZLÓ KRASZNAHORKAI
Guerre & guerre

1346. MARIA ERNESTAM
Le Peigne de Cléopâtre

1347. WLADIMIR ET OLGA KAMINER
La Cuisine totalitaire

1348. MARTA MORAZZONI
La Note secrète

1349. FRÉDÉRIC LORDON
La Malfaçon

1350. ASSOCIATION NÉGAWATT
Manifeste négaWatt

1351. STEFAN KOLDEHOFF ET TOBIAS TIMM
L'Affaire Beltracchi

1352. HUGH HOWEY
Silo origines

1353. KATARINA MAZETTI
Le Viking qui voulait épouser la fille de soie

1354. MARILYNNE ROBINSON
La Maison de Noé

1355. ROOPA FAROOKI
Les Choses comme je les vois

1356. JOUMANA HADDAD
Superman est arabe

OUVRAGE RÉALISÉ
PAR L'ATELIER GRAPHIQUE ACTES SUD
REPRODUIT ET ACHEVÉ D'IMPRIMER
EN SEPTEMBRE 2015
PAR NORMANDIE ROTO IMPRESSION S.A.S.
À LONRAI
POUR LE COMPTE DES ÉDITIONS
ACTES SUD
LE MÉJAN
PLACE NINA-BERBEROVA
13200 ARLES

DÉPÔT LÉGAL
1re ÉDITION : OCTOBRE 2015
N° impr. : 1503424
(Imprimé en France)